# Animal Creation Tiergeschichten

## Tierkommunikation für Kinder

von Sonja Neuroth (Hrsg.)
Birgit Huber
Evelyn Bubeck
Madlene Fischer
Sandra Spinnraths
Romana Rohrer
Cornelia Hannesschläger
Regina Kubik
und Alina Staudt

Herausgegeben von: Seelenfreunde Tierakademie UG (haftungsbeschränkt) (https://seelenfreunde-tierakademie.com)

Autoren: Sonja Neuroth, Birgit Huber, Evelyn Bubeck, Madlene Fischer, Sandra Spinnraths, Romana Rohrer, Cornelia Hannesschläger, Regina Kubik, Alina Staudt

Illustration: Sonja Neuroth, Evelyn Bubeck
Umschlaggestaltung: Sonja Neuroth

Verlagslabel: Seelenfreunde Tierakademie
ISBN Softcover: 978-3-347-88706-0
ISBN Hardcover: 978-3-347-88299-7
ISBN E-Book: 978-3-347-88707-7

Druck und Distribution im Auftrag des Autors:
tredition GmbH, An der Strusbek 10, 22926 Ahrensburg, Germany


Disclaimer: Alle im Buch enthaltenen Geschichten sind fiktiv. Die vermittelten Inhalte und Botschaften sind nach bestem Wissen und Gewissen verfasst, erheben aber keinen Anspruch auf wissenschaftliche Nachweisbarkeit. Unsere Botschaften sollen ermutigen, den natürlich gegebenen Hellsinnen wieder zu vertrauen. Wir setzen auf eigenverantwortliches Denken und Handeln und möchten betonen, dass die menschlichen Hellsinne differenziert zu psychischen Erkrankungen etc. zu betrachten sind.

# Inhaltsverzeichnis

# 0.

# Einleitung (für die Eltern)

... oder andere „große Kinder“, die dieses Buch gern mit ihren Kindern, Enkeln, Nichte, Neffe, etc. ... lesen möchten.

Zunächst einmal Danke, dass du dir die Zeit nimmst, das oder die Kind/er, mit dem oder denen du dieses Buch gemeinsam liest, in seiner ganz besonderen Verbindung zu den Tieren zu bestärken!

Tiere und Kinder können sich gegenseitig oftmals sehr gut tun und ganz besondere Freundschaften entwickeln. Tiere stärken auch die Empathie - und was brauchen wir in dieser Welt nicht noch sehr viel mehr, als Empathie?

Vielleicht hat dein Kind (oder das Kind, mit dem du dieses Buch liest) ein Haustier oder äußert schon sooo lange den Wunsch, dass eins einziehen darf.

Vielleicht ist es auch generell ein wahrer „Magnet“ für Tiere - Sei es nun, dass ihm draußen immer ganz besondere Wildtiere begegnen oder fremde Hunde, Katzen oder andere Tiere sich sofort in seiner Gegenwart wohl fühlen.

Womöglich spricht dein Kind auch schon längst mit allen möglichen Tieren - ob es nun Ameisen, Regenwürmer, Vögel oder scheinbar unsichtbare Tiere sind.

Oder dein Kind ist eher still, doch blüht in der Gegenwart von Tieren regelrecht auf und malt sie auch unglaublich gerne?

Nichts davon ist falsch - ganz im Gegenteil! Jedes Kind hat seine ganz eigene Art, mit Tieren in Kontakt zu sein und sie als seine Freunde kennenzulernen.

Mit diesem Buch möchten wir Kinder bestärken, ihre ganz eigene Verbindung zu Tieren zu finden und zu leben - fernab von starren Vorgaben oder Tabus („Mit Tieren kann man nicht sprechen, sei nicht albern", hast du das selbst vielleicht in deiner Kindheit schon zu hören bekommen?).

Es ist ein Buch, das unsere „kleinen" und „großen" Leser ermächtigen soll, auf das eigene Gefühl zu hören und durch die wahre und ehrliche Freundschaft zu den Tieren gestärkt zu werden.

Wachse über dich hinaus - die Tiere unterstützen dich! Ja, du bist vollkommen okay so, wie du bist!

Der erste Teil dieses Buchs enthält Geschichten, in denen Kinder etwas Besonderes gemeinsam mit Tieren erleben.

Jede der Geschichten ist von einer anderen Autorin geschrieben und sie stehen für sich - Du kannst dieses Buch also gerne an einem beliebigen Kapitel aufschlagen, das dich oder dein Kind gerade am meisten anspricht!

Im zweiten Teil findest du kurze Übungen, die ebenfalls für sich stehen. Sie können in beliebiger Reihenfolge gemacht werden. Es sind bewusst keine starren Anleitungen dabei, da wir der Meinung sind, dass Kinder schon sehr viel besser als „wir Erwachsenen" wissen, wie sie selbst am besten vorgehen möchten. Mit diesem Buch möchten wir nur einen Rahmen dafür schaffen, die eigenen Fähigkeiten mehr zu erkunden.

Wenn dein Kind schon gut lesen kann, kann es dieses Buch gerne alleine für sich lesen. Doch wenn ihr mögt, könnt ihr es auch gemeinsam lesen und euch über die Inhalte austauschen. Die Geschichten im vorderen Teil sind für Kinder ab 6 Jahren, während der 2. Teil des Buchs unsrer Einschätzung nach ab 8 Jahren geeignet ist.

Uns ist nur wichtig: Bitte sieh dieses Buch nicht als Lehrbuch oder dass dein Kind etwas damit „erreichen" soll! Falls es aktuell keine Lust auf die Übungen am Ende des Buchs hat oder falls es nicht mit dir über die Inhalte reden möchte, ist das vollkommen okay.

Vertraue darauf, dass jedes Kind schon selbst wissen wird, wie viel es wann von diesem Buch lesen oder vorgelesen bekommen möchte - und ob es die Übungen machen möchte.

„Wir" sind übrigens 9 Autorinnen, die im Alltag mit Menschen und ihren Haustieren arbeiten und ihnen dabei helfen, einander noch besser zu verstehen und sich gegenseitig mehr zu vertrauen.

Wir übersetzen dabei nicht nur die Sprache der Tiere, sondern helfen den jeweiligen Menschen auch dabei, selbst noch einen sehr viel besseren „Draht" zu ihrem Hund, Pferd oder ihrer Katze aufzubauen - damit Missverständnisse wie „auffälliges Verhalten" und auch Sorgen rund um die Gesundheit der Tiere beseitigt werden oder gar nicht erst entstehen.

Wir benutzen dafür die Methode *Animal Creation* - was bedeutet, dass Tiere immer mit uns Menschen kreieren. Wenn es ein „Problem" mit einem Tier gibt, dann bedeutet das eigentlich nur: Dein Tier möchte etwas (anderes) mit dir kreieren! Es hat eine Botschaft für dich und möchte, dass du zuhörst. Was genau das ist, lässt sich in der Zusammenarbeit ganz einfach herausfinden.

Und genau in dieser Zusammenarbeit zeigt sich übrigens oft, dass die Kinder im Haushalt schon längst wissen, was ihre Tiere gerne mitteilen möchten! Die Erwachsenen dürfen nur mehr hinhören (sowohl, was die Tiere, als auch, was die Kinder erzählen!)

Also, wer weiß... Falls gerade ein Tier bei euch lebt: Was möchte es deinem Kind / deinen Kindern und dir schon längst mitteilen? Vielleicht kommt ihr seiner Botschaft mit diesem Buch etwas näher!

Und vielleicht darf dieses Buch sogar für dich als „Erwachsene/r“ ein Stück weit heilsam sein, wenn du selbst früher ein Kind warst, das eine ganz besondere Verbindung zu Tieren hatte und wenn du dir gewünscht hättest, dass dein Umfeld dies noch mehr akzeptiert?!

Dieses Buch hat auch deshalb einen ganz eigenen Stil, da wir es in Zusammenarbeit mit so vielen verschiedenen Autorinnen (und Illustratorinnen) gestaltet haben.

Vielleicht kennst du bereits andere Animal Creation Werke und dir ist unsere Arbeit bekannt? Falls nicht: In der Ausbildung zum Animal Creation Coach von Sonja Neuroth gibt es am Ende jedes „Jahrgangs“ oft ein Gemeinschaftsprojekt, in dem aktuelle Absolventen und bereits erfahrenere Coaches zusammenarbeiten und ihr Wissen aus der Tierwelt zusammentragen.

Das Projekt „Tierkommunikation für Kinder“ liegt uns besonders am Herzen und stand schon lange auf Sonjas Ideenliste. Wie immer bei unseren Projekten erwartet dich (und dein

Kind) hierin eine bunte Mischung aus verschiedenen Blickwinkeln und Themen, bei dem jedes Kind und jeder Erwachsene hoffentlich seine oder ihre Lieblingsgeschichte/n finden kann!

Wir wünschen viel Freude beim Lesen und sind gespannt, was ihr danach auch im Alltag mit euren Tieren oder Tieren generell erlebt!

Übrigens: Wusstest du, dass es das Buch auch als Hörbuch gibt? Die Hörbuch Variante findest du hier: https://seelenfreunde-tierakademie.com/produkt/tierkommunikation-fuer-kinder/

# 1.

# Thor, der Zauberkater

## ab 6 Jahren

von Sonja Neuroth

(Illustrationen: Sonja Neuroth)

„Wenn sie doch nur aufhören würden!" Emma lag schluchzend alleine in ihrem Zimmer auf dem Bett. Ihre Eltern stritten sich schon wieder, sie konnte sie durch die geschlossene Tür hören.

Warum immer Mama und Papa? Es gab doch keinen Grund, sich zu streiten. Andere Eltern vertrugen sich ja auch!

Emma wusste nicht, was sie noch tun könnte, damit die beiden sich versöhnen.

Doch während erneut eine Träne über ihre runde Wange kullerte, gab es plötzlich einen großen Licht BLITZ vor ihrem Fenster!

Emma schrak hoch: Was war das?

Ehe sie sich versah, erschien eine Katzenfigur vor ihren Augen. Besser gesagt: Ein prächtiger, wohlgenährter (dürfen wir das sagen, ohne dass er beleidigt ist?) KATER!

Dieser getigerte Kater drehte sich einmal um die eigene Achse und sagte:

„Ich bin Thor, der Zauberkater! Du hast mich gerufen! Ich komme immer dann, wenn ein Kind mich braucht - und erfülle Wünsche! Man muss mich nur danach fragen...

Ich habe gehört, du hast einen Wunsch?..."

„Ja!", platzte es aus der leicht verdutzten Emma heraus. Einerseits war sie über diesen Auftritt überrascht. Andererseits fühlte sich der Kater aber so bekannt an... Warum sollte sie ihm also nicht ihre Wünsche anvertrauen?

„Also, ich wünsche mir, dass Mama und Papa nicht mehr streiten! Kannst du das für mich machen?"

„Ich alleine kann das nicht erfüllen - sie müssen es schon selber wollen. Aber lass uns mal schauen, was hier möglich ist. Ich habe da so eine Idee", sagte der Kater, der in der Zwischenzeit auf Emmas Fensterbrett gesprungen war und nun durch das geöffnete Fenster einen eleganten Satz auf ihren Teppichboden machte.

*Plop!* - Naja, sagen wir: Mehr oder weniger elegant.

„Um dir zu helfen, muss ich für eine Weile bei dir einziehen. Sag du deinen Eltern einfach, ich sei euch zugelaufen und hätte kein eigenes Zuhause, okay?“, erklärte Kater Thor, während er begann, Emmas Zimmer zu durchstreifen und sich umzusehen.

*Hmm, ein bisschen unaufgeräumt, aber irgendwie auch gemütlich. Hier könnte er sich wohlfühlen.*

„Na klar! Wenn du magst, kannst du in meinem Puppenbett schlafen. Das brauche ich eh nicht mehr - Nur Babys spielen noch mit Puppen!“, antwortete Emma.

„Okay, dann lass mich mal machen“ - Thor blickte sich einmal hastig links und rechts um. Und was machte er dann?

Er PIESELTE mitten auf den roten Teppich in Emmas Zimmer!

„Iiiiiih“, schrie Emma, „was machst du denn da? Bist du verrückt?“

„Was ist denn hier los?!“ - Emmas Mutter kam sofort angestürzt und öffnete die Tür:

„Geht es dir gut, Emma?

Ach herrje, was ist denn hier passiert? Was macht diese Katze hier? Und wieso hat sie in dein Zimmer gemacht?

Kschhh, kschhhh, geh sofort aus unserem Haus, du wildes Biest!“ - Emmas Mutter machte Anstalten, Thor zu verjagen!

*MIAAAAAU*! Thor schaute die Mutter mit Unschuldsaugen an und miaute auf einmal wie ein kleines Kätzchen.

„NICHT, Mama! Das ist Thor! Er ist ein Kater und er hat kein Zuhause und er muss jetzt bei uns leben. Wir können ihn nicht einfach verjagen, er hat doch sonst niemanden! Dass er auf meinen Teppich gemacht hat, war bestimmt nur ein Versehen.

Bitte sei nicht so streng mit ihm. Er meint es bestimmt nicht böse."

„Ein Straßenkater bei uns zu Hause? Na, ich weiß ja nicht!. Wir sollten herausfinden, ob er nicht doch jemandem gehört", sagte Emmas Mutter Claudia, drehte sich danach um und rief in den Flur: „Jooooonas, kommst du mal? Hier ist eine fremde Katze in unserer Wohnung. Sie hat auf den Teppich gemacht!"

Ach herrje ... Was hatte Thor da in Gang gebracht? Emmas Vater Jonas kam nun auch noch dazu und wurde von Emma und Claudia aufgeklärt, was Sache ist.

Zuerst war er verärgert, doch nach etwas Diskussion hin und her beschlossen beide Eltern, dass sie sich in der Küche unter vier Augen beratschlagen würden, ob der Kater bleiben dürfte. Emma sollte so lange mit ihm im Kinderzimmer bleiben.

Der Fleck auf dem Teppich war erst einmal vergessen.

„Na toll“, sagte Emma zu Thor. „Das hast du ja super hinbekommen. Ich glaube, sie sind beide böse auf uns! Wenn du dich schon am Anfang so verhältst, darfst du bestimmt nicht bleiben. Ich kann verstehen, dass sie dich erstmal nicht mögen.“

„Warte ab, warte ab... Wir haben da was in Gang gebracht. Du wirst schon noch sehen.“ - Es schien fast so, als würde der Kater verschmitzt lächeln.

„Hast du denn noch einen Wunsch, Emma?“

Emma runzelte die Stirn und überlegte kurz.

„Ja, allerdings! Mama war heute schon böse auf mich, weil mein Zimmer mal wieder durcheinander ist. Kannst du mein Zimmer für mich aufräumen?“

„Na toll...“, brummelte Thor vor sich hin. Wieso bekam er immer die Aufgaben, die kein Kind mochte? Aber gut, immerhin war er ein Zauberkater. Ihm würde schon etwas einfallen.

Und das tat es!

Erneut streifte er in Emmas kleinem Zimmer umher und sah sich rechts und links um.

Hier und da lagen Bücher herum. Als Künstlerin schien sich Emma auch versucht zu haben. Dort hinten lagen ein geöffneter Wasserfarben-Malkasten und Buntstifte herum. Außerdem ein Pinsel im Wasserglas. Das Wasser war bunt gefärbt.

Auf dem Boden liegend ein Zeichenblock, auf dem sie etwas gemalt hatte. Es sah fast so aus wie eine Katze. Nein, ein getigerter Kater! Das könnte ja fast schon - Thor - sein!

In der anderen Zimmerecke lag noch ein angegessener Apfel - na, lecker!

Plötzlich begann Thor damit, in die Luft zu starren, als hätte er etwas gesehen. Emma jedoch konnte dort nichts sehen und wunderte sich! Geister gab es doch gar nicht?!

Und jetzt wurde Thors Verhalten wieder ganz sonderbar:

Er fing an, wie wild durch das ganze Zimmer zu fegen. Ganz so, als würde er etwas Unsichtbares in der Luft jagen! Was sollte das nun schon wieder?!

Es wurde noch schlimmer: Denn durch sein Jagen polterte er nicht nur umher - er riss auch die Gardine herunter.

Er krallte sich außerdem in das Puppenbett (das davon einen kleinen Schaden im Polster erlitt) - Und er kickte die auf dem Boden liegenden Gegenstände, samt Wachsmalstiften, einmal durch das komplette Zimmer.

Oh neeeein! Jetzt kippte auch noch das Glas mit der Wasserfarbe um!

„THOR! Was soll das denn nun wieder?! Du machst alles schlimmer! Du hilfst mir kein Stück!“ - Emma war außer sich und schrie den Kater an.

Wie konnte er es nur wagen? Nun war das Zimmer erst recht durcheinander.

Es würde viel Zeit kosten, das alles aufzuräumen. Und wie sollte sie ihren Eltern nun den zweiten Fleck im Teppich erklären? Thor war wirklich ein Rabauke!

Hatte er ihr nicht zugehört, als sie ihre Wünsche geäußert hatte?

„Was geht hier vor sich?“ - Emmas Mutter stand erneut im Türrahmen, dieses Mal leicht wütend.

„Ach Emma, was hast du denn jetzt mit deinem Zimmer gemacht? Du bist echt schludrig! Ich habe dir heute Mittag erst gesagt: Bitte räum’ dein Zimmer auf. Jetzt ist es ja noch viel schlimmer als vorher!

Kannst du nicht einmal Rücksicht auf deine Eltern nehmen?

Müssen wir dir immer alles hinterher räumen?“

„Das... das... war ich nicht! Thor hatte seine verrückten fünf Minuten, wie du immer bei Minka gesagt hast, als sie noch lebte. Er ist wie sie damals aus dem Nichts heraus wie ein Flummi durch mein ganzes Zimmer gehüpft. Ich weiß nicht, warum... Bitte sei uns nicht böse. Thor kennt noch nicht die Benimmregeln hier...“

Minka war die Familienkatze, die leider vor einem Jahr gestorben war. Alle hatten sie sehr lieb gehabt, doch auch sie hatte immer mal wieder Unfug angestellt, über den Mama und Papa sich sehr aufgeregt hatten...

„Also, das können wir aktuell gar nicht gebrauchen. Ich weiß noch, wie es mit Minka war. So gern ich sie hatte - sie hat auch viel Arbeit gemacht. Für so etwas haben wir jetzt keine Zeit mehr. Du weißt doch, dass Papa seit diesem Jahr weiter weg arbeitet und nur am Wochenende bei uns ist...“

„JA, ich weiß! Und ich hasse es... Schau mal, wenn Thor hier bleiben würde, dann hätte ich wenigstens einen Freund, der immer für mich da ist. BITTE erlaubt es mir! Ich werde ihm auch sagen, dass er ruhiger sein muss und das Katzenklo nutzen soll!"

„Hmmmm... Also, ich bespreche das mal weiter mit deinem Vater. Begeistert bin ich wirklich nicht!

Ich gehe jetzt wieder in die Küche und wenn ich wiederkomme, will ich ein halbwegs aufgeräumtes Zimmer sehen", sagte Claudia in leicht verzweifeltem Ton.

Was sollte sie nur machen? Sie wollte ihrer Tochter nicht das Herz brechen. Gleichzeitig waren Katzen immer so unberechenbar und machten aus dem Nichts heraus Dreck und Unfug.

Als Claudia das Zimmer verlassen hatte, sprach Emma ein ernstes Wörtchen mit Thor:

„WAS war das nun wieder? Meinst du, dass sie dich nun lieber mögen? Ich glaube nicht! Und ich... hab nun doppelt Arbeit mit all dem Durcheinander!"

„Du wolltest, dass ich aufräume! Genau DAS habe ich getan. Du wirst schon noch sehen...

Wenn wir Katzen so wie ich eben in die Luft starren und wild durch die Gegend springen, dann räumen wir nämlich eigentlich auf! Ich habe dein Zimmer von all den Streitkobolden bereinigt, die hier entstanden sind, weil deine Eltern sich gestritten haben!

Sie werden bald ganz entspannt sein!

Die Flecken im Teppich sind Nebensache..."

„Hm, so langsam glaube ich dir nicht mehr! Wehe, du lügst mich an! Aber gut, einen Versuch gebe ich dir und deinem komischen Wünsche erfüllen noch. Jetzt musst du aber wirklich gut sein!

Und zwar habe ich immer so Bauchweh, wenn Mama und Papa streiten. Auch jetzt gerade. Kannst du machen, dass das weg geht?“

„Aber selbstverständlich! Nichts leichter als das. Leg dich mal in dein Bettchen. Auch das wird gleich weg sein“, sagte Thor mit stolzem Unterton.

„Okaaaay...“, Emma legte sich auf ihr Bett.

Thor kam gleich mit und begann dabei, zu schnurren. Ganz ruhig und entspannt und dennoch gut hörbar.

Als sie lag, begann er, sie ganz sanft mit seinen warmen, weißen Pfoten am Bauch zu massieren (man nennt das auch Treteln).

Dann legte er sich auf sie: Sein Körper auf ihrem Bauch, der Kopf auf ihrem Brustkorb. So ein flauschiger Kerl! Und so wärmend.

Emma schlief unmittelbar ein, die Bauchschmerzen waren wie weggeblasen. Auch Thor schlief bald ein und schnarchte leicht...

Da öffnete sich wieder die Zimmertür, nun ganz leise und nur einen Spalt breit...

Emmas Eltern standen im Flur und schauten durch den Türspalt hinein.

Sie sahen sofort, dass der Kater und das Mädchen eingeschlafen waren und flüsterten daher leise miteinander:

„Siehst du das? Oh mein Gott, wie süß! Er kümmert sich richtig um sie“, sagte Claudia.

„Der neue Freund scheint ihr gut zu tun“, erwiderte Jonas im Flüsterton.

„Ich kann die beiden nicht trennen! Lass uns den Kater behalten. Es ist doch eigentlich egal, wenn er hier etwas mehr Chaos verursacht. Hauptsache, er tut Emma gut!“

„Ja, du hast recht. Und weißt du, was mir noch klargeworden ist? Minka hat sich auch immer so wie er verhalten, als wir gestritten haben! Wie oft hat sie bei uns dann auch in die Wohnung gemacht und ist wie wild durch die Gegend gerannt? Und wie oft waren wir böse auf die Katze, obwohl sie uns eigentlich nur sagen wollte: Hey, entspannt euch mal! Seid nett zueinander und streitet euch nicht?!“

„Ach herrje, jetzt weiß ich, was sie uns all die Jahre sagen wollte. Und ich merke, wie dumm das von uns war. Eigentlich wollten wir als Familie doch mehr zusammenhalten. Wir könnten einander gut tun, so wie diese Katze unserer Emma.

Ja, lass uns die Katze behalten - und wieder mehr Dinge unternehmen, die uns allen drei Spaß machen!“, meinte Claudia.

Die Tür schloss sich ganz, die Eltern gingen wieder in die Küche.

Und wer hob verschmitzt den Kopf, weil er gerade wach geworden war? Thor!

Er sagte verschlafen: „Siehst du Emma, ich habe es dir gesagt...

Wir Tiere können euch eure Wünsche nicht ganz alleine erfüllen. Da müsst ihr schon mitmachen. Aber wenn ein Tier sich seltsam verhält, möchte es meist auf etwas Wichtiges aufmerksam machen. Es liegt dann an euch Menschen, es auch zu erkennen und umzusetzen!“

Bald legte der Kater seinen Kopf wieder ab und schlief ein.

Er durfte tatsächlich bei Emma bleiben - so lange, bis das nächste Kind ihn rief.

Und bei Emma und ihren Eltern? Da änderte sich von nun an einiges...

# 2.

# Mückenschreck und Spinnenbein

ab 6 Jahren

von Evelyn Bubeck

(Illustrationen: Evelyn Bubeck)

Iiiiih, Mama, Mama, mach das Ding weg“.
Lilly zog sich die Decke bis über die Nase, nur noch ihre großen Kulleraugen schauten darunter hervor. Sie hatte

eine dicke, fette Spinne gesehen, die über ihrem Bett baumelte.

Zum Glück machte sie Mama mit einem Taschentuch weg.

Dann las ihr Mama noch ihre Gute-Nacht-Geschichte von dem tapferen Kaninchen vor, die sie so liebte. Obwohl sie die Geschichte schon soo oft gehört hatte, konnte sie einfach nicht genug davon bekommen und lauschte dem Abenteuer ganz gespannt.

Lilly war acht Jahre alt und sie war mit ihren Eltern vor drei Jahren nach Afrika ausgewandert, weil Papa hier eine gute Arbeit gefunden hatte. Es war wirklich sehr schön hier, aber es gab so viele komische Tiere, die Lilly einfach nur ekelig fand. Spinnen, Mücken... und alle hatten so lange Beine. Lilly gruselte sich schon, wenn sie nur daran dachte.

Auch heute störte das laute Surren einer Mücke und sie konnte sich erst wieder auf die Geschichte konzentrieren, als Mama den Brummer weggemacht hatte.

*Geschieht ihr recht, diese blöden Mücken können echt nerven. Sie surren und stechen und sind zu überhaupt nichts zu gebrauchen*, dachte sich Lilly noch, aber sie war schon fast im Land der Träume.

Sie träumte oft die tollsten Sachen, aber diesmal war es anders. Es war, als wäre sie mächtig durchgeschüttelt worden und dann auf den Boden gefallen.

Lilly stand auf und rieb sich die Augen. Sie war neugierig, wo sie dieses Mal gelandet war. Aber sowas hatte sie noch nie gesehen: Alles war groß, so riesengroß. Die Farben waren wunderschön, aber gleichzeitig war auch alles so mächtig.

Sie konnte zwar erkennen, dass sie im Wohnzimmer war, aber sie musste jetzt klitzeklein geworden sein. Lilly stand auf dem Esstisch.

Ja, genau... das ist die Vase mit den Blumen, die Mama gestern von Papa bekommen hatte. Allein die war so groß wie ein Hochhaus. Es war gleichzeitig lustig, aber auch ein bisschen gruselig.

Als sie gerade noch die Umgebung betrachtete, fegte plötzlich ein Lufthauch durchs Zimmer und Lilly fiel rückwärts den Tisch hinunter. Sie schrie, ruderte mit den Armen, rief um Hilfe... und landete sanft und weich. Im ersten Moment konnte sie gar nicht erkennen, worauf.

Kein Wunder, es bewegte sich ja auch - und sogar ganz schnell.

Lilly hatte Mühe, sich festzuhalten und nicht gleich wieder herunterzufallen.

Es war haarig, stachelig, hatte Flügel und lange Beine. Das Ding machte auch dieses summende Geräusch, das sie so überhaupt nicht mochte.

Bäh! Wenn es das war, was sie dachte, dann... dann... ja, was sollte sie dann tun? Immerhin hatte diese Mücke gerade ihr Leben gerettet. Und wenn einem jemand hilft, soll man sich auch bedanken, sagte Mama immer.

Lilly nahm allen Mut zusammen und sagte leise: „Ähhm… Hallo? Hörst du mich? Kannst du mich verstehen?“

„Ja klar, was gibt’s?“

Und ehrlich, wie Lilly war, fing sie gleich an, gerade heraus zu plappern:

„Ich mag Mücken nicht, sie sind nervig und blöd und ärgern mich immer. Aber trotzdem danke, dass du mir geholfen hast. Wie heißt du?“

„Oh, erstmal schön, dich kennenzulernen. Ich bin Larry und gar nicht so ein übler Kerl, wie du vielleicht glaubst, Lilly. Es ist wie bei euch Menschen: Wir sind nicht alle gleich und auch wir haben eine wichtige Aufgabe.“

Er kannte ihren Namen… aber jetzt wunderte sie sich sowieso über gar nichts mehr.

„Sag mal, Larry, wo fliegen wir denn hin? Ich möchte eigentlich lieber wieder runter.“

„Das geht jetzt nicht. Ich will dir was zeigen und wir haben viel zu tun!“

Während Lilly überlegte, wo sie denn hinfliegen und was sie bitte Wichtiges zu tun hätten, kamen sie an einer dicken, fetten Spinne vorbei.

Lilly erschrak! Eine Spinne! So groß wie ein Haus! Doch seltsamerweise schien die Spinne selbst sehr verängstigt zu sein.

Sie machte sich ganz klein, als sie Lilly sah und zitterte am ganzen Körper. „Warum tut die so komisch, Larry?“

„Ach, das ist *Josef Dimitri Karl Otto 7 Bein*, der fürchtet sich vor euch Menschen noch viel mehr, als du dich vor ihm.

Er hat sich einmal sein Bein in einer Fliegenklatsche eingeklemmt, darum sind es nur noch sieben.

Wir nennen ihn einfach Jo.

Ihr wollt die Spinnen ja immer verjagen, aber eigentlich sind sie doch ganz lieb".

Lilly musste etwas lachen, so einen lustigen Namen hatte sie nicht erwartet. Sie schenkte ihm ein freundliches Lächeln und winkte ihm im Vorbeifliegen zu. Jo guckte verdutzt, aber entspannte sich gleich ein wenig und winkte schüchtern zurück.

Sie flogen lange und es wurde immer heißer. Mit der Zeit veränderte sich die umliegende Natur und Lilly sah Pflanzen und Blumen, die sie zuvor noch nie gesehen hatte.

Endlich landeten sie auf einer Blüte, aber statt sich mal auszuruhen, scheuchte sie Larry gleich herum. „Los, los, wir haben viel zu tun! Sammle die Blütenpollen ein!"

Lilly kam aus dem Staunen nicht mehr heraus. Dieses flauschige, gelbe Zeug fühlte sich so gut an, fast so wie Watte. Und so sammelte sie so viel, wie sie tragen konnte.

„Und, was machen wir jetzt damit?", fragte Lilly.

„Wir bringen sie zur nächsten Blüte, legen sie dort hinein und holen dort wieder neue Pollen, und so weiter..."

„Und für was soll das gut sein? Das ist doch sinnlos!" Lilly schüttelte ungläubig den Kopf.

„Das ist absolut nicht sinnlos, junges Fräulein. Ohne unsere Arbeit können keine Früchte wachsen, denn es sind nicht nur irgendwelche."

Larry fing an zu grinsen. „Es ist eine über-drüber-superwichtige Aufgabe, die wir da haben. Es ist nämlich die Kakaopflanze und ohne ihre Früchte gibt's keinen Kakao und ohne Kakao keine Schokolade."

Jetzt blieb Lilly der Mund offen stehen. Dass eine Mücke etwas mit Schokolade zu tun hat, das hatte sie noch nie gehört.

Eifrig schaufelte Lilly jetzt noch mehr und noch schneller die Pollen auf, denn sie hatte ja jetzt einen superwichtigen Job. Und so merkte sie auch nicht, wie schnell die Zeit verging.

Als sie heimflogen, war sie überglücklich und aufgeregt, weil sie das schnell ihrer Mama erzählen wollte. Larry setzte sie sanft auf ihrem Bett ab, oder besser gesagt dem Berg, weil ihre Decke mit den süßen Hunden darauf so hoch war wie der Gipfel, auf den sie im letzten Urlaub mit der Seilbahn gefahren waren.

Er sagte noch: „Hey Lilly, vielleicht sehen wir uns ja mal wieder. Falls du mal eine Mücke triffst, die nicht so freundlich ist wie ich, dann sag ihr doch einfach, dass es okay ist, wenn sie da ist, aber dass sie dich einfach in Ruhe lassen soll. Wer weiß, was dann passiert..."

Schon war er auch wieder so schnell weg, wie er gekommen war. Das fand Lilly gar nicht so schlimm, denn ihre Augen fielen schon langsam zu.

Auf einmal spürte sie, wie ihre Mama ihr sanft über die Haare strich und sagte: „Guten Morgen, mein Schatz. Zeit zum Aufstehen."

Lilly öffnete die Augen und ihr erster Blick fiel auf die Spinne, die wieder über ihrem Bett an einem Faden baumelte. Kurz erschrak sie, aber gleich fiel ihr wieder der Traum ein.

Als ihre Mama das bemerkte, holte sie gleich ein Taschentuch und wollte die Spinne wegmachen.

„Stopp, Mama!"

Sie schaute Lilly verwundert an.

„Nein Mama, das brauchst du nicht. Das ist Jo. Er ist jetzt mein Freund und der tut mir nichts. Er hat sogar mehr Angst vor mir, als ich vor ihm", meinte Lilly voller Stolz.

„Weißt du Mama, jeder hat eine wichtige Aufgabe, auch wenn wir das oft nicht gleich sehen können. Das hat mir mein Freund Larry beigebracht."

Und Lilly erzählte ihrer Mama, was sie geträumt hatte: Von den wundervollen Blumen und Larry und Jo und der Schokolade und natürlich, wie wichtig Mücken sind... und auch Spinnen, aber das ist eine andere Geschichte...

# 3.

# Emily findet einen neuen Freund

ab 6 Jahren

von Madlene Fischer

(Illustrationen: Evelyn Bubeck)

Emily, es ist Zeit fürs Bett, morgen hast du wieder Schule!“, ruft Mama ihrer Tochter aus der Küche zu. „Jaja, die Schule…!“, murmelt Emily gedankenverloren vor sich hin.

Emily ist neun Jahre alt und geht in die 3. Klasse. Eigentlich geht sie gerne in die Schule, hat gute Noten und viele Freunde. Wenn da nicht immer wieder dieses eigentlich wäre...

Sie legt sich in ihr Bett, beginnt zu grübeln und denkt an den heutigen Schultag.

Heute Morgen, als sie in die Schule kam, beobachtete sie Ben, einen kleinen Jungen aus der 1. Klasse, wie er schon wieder seine Hausaufgaben suchte. Verzweifelt irrte er in der Garderobe herum. Doch es war vergeblich... sie blieben wie vom Erdboden verschluckt.

Mit gesenktem Blick nahm er seine Schultasche und machte sich ohne seine Aufgaben auf den Weg in sein Klassenzimmer, wohl wissend, dass er wieder Ärger von seiner Lehrerin bekommen würde.

Schließlich war es diese Woche schon das zweite Mal, dass er ohne seine Hausaufgaben in die Schule kam.

Obwohl er sich doch so sicher war, sie am Abend zuvor in seine Schultasche gepackt zu haben.

Emily sah ihm traurig hinterher. Sie wusste genau, was passiert war. Sie hatte zuvor zwei ältere Schüler gesehen, wie sie Bens Hausaufgaben aus der Schultasche gestohlen hatten und damit davongelaufen waren.

Emily kennt diese beiden Schüler nur zu gut und weiß, dass sie das nicht zum ersten Mal gemacht haben. Immer wieder finden sie es lustig, wenn andere Kinder Ärger bekommen und sie mit ihren Streichen ungestraft davonkommen.

Auf dem Weg zum Unterricht heute Morgen sah sie Ben in seiner Klasse weinend auf seinem Platz sitzen.

Nur zu gerne wäre sie zu ihm und seiner Lehrerin gegangen und hätte ihnen die Wahrheit erzählt. Noch lieber hätte sie den beiden Viertklässlern mal die Meinung gegeigt.

Es machte sie traurig und wütend, zu sehen, wie unfair der kleine Ben behandelt wurde. Sie war kurz davor, zu ihm zu gehen, als sie die beiden großen Jungs um die Ecke kommen sah... Da verließ Emily wieder der Mut.

Sie liegt in ihrem Bett und starrt an die Decke. Sie versteht sich und die Welt einfach nicht mehr. Warum schafft sie es nicht, Ben zu helfen, obwohl er ihr so leid tut und sie weiß, dass es falsch ist, nichts zu tun?

Immer wieder hört sie die Stimmen ihrer Eltern im Kopf: „Du bist so groß und stark, du schaffst das! Du musst nur all deinen Mut zusammennehmen!“

Emily weiß das. Sie ist eine der größten und stärksten Schülerinnen an ihrer Schule. Außerdem ist sie sehr beliebt. Alle spielen gerne mit ihr und viele wollen mit ihr befreundet sein... Aber in ihr drinnen sieht es ganz anders aus.

Sie hat Angst und ist unsicher. Ständig fragt sie sich: „Was passiert, wenn ich mich gegen die coolen Jungs stelle? Werde ich dann selbst zum kleinen Ben, der gehänselt und herum geschubst wird? Wollen die anderen noch mit mir befreundet sein, wenn ich die großen Jungs verpetze? Kriege ich Ärger, weil mir womöglich niemand glaubt? Vielleicht ist es einfach besser, still zu sein und so zu tun, als hätte ich nichts gesehen?“

Sie wünscht sich nichts sehnlicher als einen Freund, der sie begleitet, versteht und ihr sagen kann, was sie machen soll.

Plötzlich hört sie ein leises Rascheln vor ihrem Fenster. Neugierig schleicht sie sich aus dem Bett und zieht den Vorhang zur Seite. Wieder raschelt es. Da versteckt sich doch etwas im Gebüsch.

Das Rascheln wird lauter und dann „BOOMMM...“

Emily erschreckt sich so sehr, dass sie rücklings auf ihren Hintern plumpst.

Sie traut ihren Augen kaum, was da auf ihrer Fensterbank sitzt.

Mit großen bernsteinfarbenen Augen und gespitzten Ohren sieht ihr geradewegs... ein Fuchs in die Augen.

Oh Mann, und er spricht mit ihr. Emily ist wie versteinert. „W... W... wer bist du?“, stammelt sie, ohne den Blick von dem kleinen Fuchs abzuwenden.

„Oh hey, ich bin Oskar und ob du es glaubst oder nicht, wir kennen uns schon ganz schön lange. Du hast doch nach mir gerufen und voilà, da bin ich!“

Mit einem strahlenden Grinsen hüpft der kleine Fuchs vom Fensterbrett und geradewegs in Emilys Schoß. Wo er es sich mit seinem buschigen Schwanz erstmal ganz bequem macht und sie neugierig ansieht.

Emily schaut den Fuchs verdutzt an und versteht nicht ganz. „Wie, ICH hab' dich gerufen? Was meinst du denn damit?"

„Weißt du, ich kann dir das nur schwer erklären, das musst du gefühlt haben. Komm mit! Ich nehme dich mit auf eine kleine Reise", antwortet ihr der Fuchs entschlossen.

Emily fragt sich, wie sie das denn machen sollte - Mama und Papa sind doch nebenan. Sie kann nicht einfach ihr Zimmer verlassen.

Doch im nächsten Moment spürt sie schon das flauschige Fell ihres neuen Freundes unter sich. Wie durch Zauberhand ist sie geschrumpft und sitzt nun auf Oskars Rücken.

„Achtung! Festhalten! Loooosss geeeht's!", ruft Oskar.

Gerade noch rechtzeitig kann sich Emily am Hals des Fuchses festhalten und schon saust er mit ihr auf seinem Rücken davon.

Sie laufen über die schönsten Wiesen und durch die farbenprächtigsten Wälder. Immer wieder nimmt Emily andere wundervolle Tiere wahr. Hier ein kleines Äffchen, da eine quakende Ente im See, eine Eidechse welche über den Weg huscht, dort ein Puma; aber auch jede Menge kleiner Tiere wie die wunderschönen, im Sonnenlicht schimmernden Libellen oder der Adler, der über ihre Köpfe hinweg fliegt und seine Kreise in der Ferne zieht.

Emily kann gar nicht aufhören zu staunen, so etwas hat sie noch nie zuvor gesehen oder gefühlt.

Sie bemerkt, dass Oskar langsamer wird und schließlich vor einem großen, prächtigen Baum zum Stehen kommt.

Emily hüpft von seinem Rücken und wächst sogleich wieder in ihre Größe. Sie setzt sich in den Schatten des Baumes und lehnt sich an seinen kräftigen Stamm, um alles um sich herum genau betrachten zu können.

„Oskar, wo sind wir?“, fragt Emily den kleinen Fuchs.

„Emily, alles, was du hier siehst, ist dein ganz persönliches Traumland. Hier leben wir, deine Krafttiere“, beginnt der kleine Fuchs zu erzählen.

„Du hast nach einem Freund gefragt, der dich stets begleitet, dich versteht und dir mit Rat zur Seite steht. Schau dich um, wir alle hier sind genau das für dich! Wir sind jederzeit an deiner Seite und begleiten dich. Wenn du uns brauchst und darum bittest, sind wir zur Stelle.“

Emily ist sprachlos und sieht sich verwirrt um. Immer mehr Tiere kommen jetzt zum Vorschein. Das alles sollte von ihr kommen? Und all diese Tiere sollen ihr zur Seite stehen? Mit großen Augen wendet sie sich erneut an Oskar: „Aber wie?“

„Schließ deine Augen, du wirst sehen…“
Emily schließt langsam ihre Augen und wird ganz ruhig. Sie erinnert sich, wie sie das im Kindergarten beim Yoga gelernt hat und atmet ein paar Mal ganz ruhig ein und aus. Wie von Zauberhand hört sie plötzlich nicht mehr nur die Stimme von Oskar, sondern Stimmen von überall her.

Ohne die Augen zu öffnen, weiß sie ganz genau, von welchen Tieren die Botschaften kommen.

„Du bist einzigartig und besonders! Schau auf mich, kein Zweites ist gleich wie ich!“, ruft das vorbei galoppierende Zebra.

„Sei ein guter Freund für dich selbst und auch für andere! So wie auch ich dein treuer Begleiter bin“, bellt der kleine Hund und läuft dabei hüpfend über die Wiese.

„Hab keine Angst deine Meinung zu sagen. Andere freuen sich darüber, deine Stimme zu hören“, krächzt der Papagei über ihr in der Baumkrone.

„Hörst du es?“, fragt sie der kleine Fuchs.

Emily öffnet langsam ihre Augen: „Ja, es ist wirklich großartig, ich könnte noch stundenlang hier sitzen und den Tieren zuhören.“

Da meint Oskar: „Du musst eines wissen: Du kannst jederzeit wieder hierher zurückkommen. Du wirst dich immer daran erinnern. Und wenn du uns brauchst, schließe einfach die Augen, denk an uns und du wirst wissen, wir sind da.“

Emily nickt mit einem seligen Lächeln in ihrem Gesicht, aber sie weiß: Für heute ist es Zeit, zu gehen. Sie steht auf, macht sich klein und kuschelt sich auf den Rücken ihres pelzigen Freundes.

Oskar setzt sich in Bewegung und läuft los. Es fühlt sich an wie ein einziger Wimpernschlag und Emily sitzt wieder auf ihrem Bett in ihrem Zimmer. Sie beginnt zu gähnen und kuschelt sich in die Bettdecke. Oskar macht es sich auf ihren Beinen bequem und beide fallen in einen tiefen Schlaf.

„Emilyyyy, aufwachen, es ist schon spät! Du musst in die Schule!“, polternd stolpert ihre Mama durch die Tür und macht die Vorhänge auf.

Es scheint, als hätte Emilys Wecker heute nicht geklingelt. Verschlafen reibt sie sich die Augen, bis ihr plötzlich wieder etwas einfällt...

Sie schreckt hoch und lässt ihren Blick suchend über die Bettdecke gleiten, aber sie ist leer.

War das alles nur ein Traum?

„Was sind denn das für Haare in deinem Bett?“, Mama zieht die Bettdecke zur Seite und mustert das Leintuch.

„Hm, wenn ich es nicht besser wüsste, würde ich sagen, das sieht aus wie rote Hundehaare. Merkwürdig...“

Kopfschüttelnd verlässt sie das Zimmer und gibt Emily ein Zeichen, sich zu beeilen.

Grinsend hüpft Emily aus ihrem Bett, um sich für die Schule fertig zu machen.

Sie weiß, heute wird ein guter Tag, denn heute wird sie das erste Mal für einen schwächeren Schüler einstehen und ihm zur Hilfe kommen. Auch, wenn sie aufgeregt ist und ihr etwas mulmig zumute ist, weiß sie jetzt, sie ist nie allein.

Bei diesem Gedanken breitet sich ein wohlig warmes Gefühl um ihre Brust herum aus und sie hört ein leises Flüstern in ihrem Ohr: „Es ist Zeit, aus deinem Schatten zu treten. Du bist du und darauf darfst du stolz sein! Ich bin an deiner Seite, wann immer du mich brauchst!“

Bevor Emily das Haus verlässt, schlüpft sie noch schnell in ihr Zimmer, um etwas aus ihrer Schreibtischschublade zu holen. Es ist ein kleiner, runder Stein. Sie dreht ihn in ihrer Hand ein paar Mal hin und her, schaut sich das Bild des kleinen Fuchses darauf an und lässt ihn in ihre Hosentasche gleiten.

Von nun an soll er ihr Glücksbringer sein. Er würde sie stets an ihre nächtliche Reise und ihre Krafttiere erinnern...

... Als sie unsicher vor Bens Klasse steht, schließt sie kurz die Augen.

Da ist es wieder, das wohlig warme Gefühl von heute Nacht.

Davon eingehüllt betritt sie die Klasse, geht zu Ben und erzählt ihm, was gestern am Morgen geschehen ist.

Emily nimmt Ben bei der Hand und begleitet ihn zu seiner Lehrerin, um das Missverständnis aus der Welt zu schaffen.

Es ist ihr nun egal, was die anderen Kinder darüber denken. Sie weiß, dass es das Richtige ist und darauf ist sie stolz, stolz auf sich selbst.

An diesem Tag hat sie erkannt, dass es nicht wichtig ist, wie groß und stark man ist. Einzig und allein kommt es darauf an, man selbst zu sein. Und dafür hat sie ja nun reichlich tierische Begleiter, die sie unterstützen.

# 4.

# Sarah und Diavolo bei den Wildpferden

ab 6 Jahren

von Birgit Huber

(Illustrationen: Sonja Neuroth)

Sarah ist auf dem Weg zu Diavolo in den Stall, sie hat gleich eine Reitstunde.

Sie freut sich riesig, endlich wieder Zeit mit Diavolo zu verbringen. Gleichzeitig fühlt sie sich traurig, weil sie Angst hat, wieder von Tina, ihrer Freundin im Stall, ausgelacht zu werden, wenn sie beim Reiten nicht so gut ist wie sie.

Dabei möchte sie am liebsten nur Zeit mit Diavolo verbringen.

Diavolo begrüßt Sarah mit einem Wiehern aus seiner Box.

Sie läuft sofort zu ihm, begrüßt ihn mit einer Karotte und holt ihn aus der Box.

Sie putzt ihn ausgiebig und krault ihn an seiner Lieblingsstelle.

Sie liebt es einfach, durch die Mähne von Diavolo zu bürsten, seinen Duft einzuatmen und mit ihm zu kuscheln. Da kann sie ganz sie selbst sein und ist glücklich.

Sarah hat keine Lust, heute zu reiten und fragt sich, ob Diavolo Spaß am Reiten hat. Sie wünscht sich so sehr, dass sie mit ihm sprechen kann.

Dass er ihr einfach sagen kann, ob er gerne von ihr geritten wird und ob er sich in diesem Stall und in seiner Box wohl fühlt.

Diavolo schaut sie mit großen Augen an. Sarah lässt das Gefühl nicht los, dass er ihr etwas sagen möchte, nur kann sie ihn einfach nicht verstehen.

Die Reitstunde beginnt und Sarah fühlt sich von Minute zu Minute unwohler. Als Tina dann auch noch eine blöde Bemerkung rüber ruft, dass sie besser reiten solle, schießen Sarah die Tränen in die Augen.

Sie will das hier alles nicht mehr und wünscht sich so sehr, dass sie mit Diavolo reden kann.

Am liebsten würde sie von Diavolo absteigen, ihn absatteln und einfach mit ihm grasen gehen.

Plötzlich ruft die Reitlehrerin zu Sarah rüber:

„Konzentriere dich jetzt endlich mal, das hier ist doch kein Spielplatz! Hier wird geritten und du musst Diavolo ganz klar sagen, was er zu tun hat, sonst veräppelt er dich nur!“

Sarah kommen erneut die Tränen und sie will nur noch weg. Weg von hier und einfach mit Diavolo Spaß haben.

Auf einmal galoppiert Diavolo los und rennt mit Sarah auf seinem Rücken aus dem Viereck, über die Straße und die Wiese hinunter, durch einen Wald, immer weiter weg vom Stall.

Zuerst hat Sarah Angst und schreit Diavolo an:

„Hilfe, bleib stehen! Was hast du denn?“

Ganz leise hört sie hinter sich auch noch Tina und die Reitlehrerin schreien.

Sie kann sie aber nicht verstehen, da Diavolo so schnell galoppiert, dass sie bereits zu weit weg vom Stall sind.

Diavolo galoppiert und galoppiert, immer weiter weg. Sarah hält sich an seiner Mähne fest.

Dann kommt ihr auf einmal der Gedanke: *Oh Gott, was, wenn Diavolo versucht, mir so auf meine Frage zu antworten?*

*Ich wollte auch nur weg von der Reitstunde*, denkt sie.

Was, wenn er genau das für mich tut? Weg vom Stall, weg von Tina, weg von der Reitlehrerin.

Sarah fühlt sich, trotz dass Diavolo rennt wie ein Blitz, sehr wohl auf seinem Rücken.

Sie merkt, dass er sehr bemüht ist, dass ihr nichts passiert. Und so kann sie sich immer mehr beruhigen und vertraut ihm, dass er auf sie aufpasst.

Als sie auf einer großen Wiese ankommen, sieht Sarah eine Pferdeherde friedlich grasen.

Diavolo bleibt ein paar Meter vor der fremden Herde stehen und wiehert.

Ein wunderschöner schwarzer Hengst wiehert zurück, galoppiert zu ihnen und begrüßt Diavolo und Sarah.

Er spricht mit ihnen, sodass Sarah ihn verstehen kann.

Sie ist sprachlos: Ein Pferd, das mit ihr redet, und sie verstehen kann?!

„Hallo, ich bin Sternfunke, der Leithengst dieser Wildpferdeherde da hinten. Wer seid ihr und was wollt ihr hier?“

Diavolo stellt sich vor und Sarah ist erstaunt, denn auf einmal kann sie ihn auch verstehen:

„Hallo, ich bin Diavolo. Ich habe Sarah, das ist meine beste Menschenfreundin, zu euch, den Wildpferden gebracht, weil sie sich gewünscht hat, dass sie mit den Pferden reden kann.

Sie möchte wissen, ob ich gerne von ihr geritten werde und in dem Stall, wo ich wohne, glücklich bin.

Im Stall bei den Menschen konnte sie mich nicht hören, weil sie ihrem Herzen nicht mehr vertraut hat.

Sie wurde oft ausgelacht und gemobbt, wenn sie gesagt hat, dass sie mich lieber nur putzt und mit mir Grasen geht, anstatt zu reiten“.

Sarah bekommt keinen Ton heraus. Damit hat sie nicht gerechnet, dass sie neben dem Wildpferd jetzt auch noch Diavolo sprechen hört!

Sie ist ganz verwirrt und stammelt vor sich hin:

„Wo sind wir hier?

Wir müssen wieder zurück, meine Reitlehrerin und Tina machen sich bestimmt schon Sorgen!“

Tausend Sachen schießen ihr durch den Kopf.

*Wie geht das, dass ich auf einmal Pferde verstehen kann?*

„Ganz einfach“, sagt Sternfunke. „Bei uns in der Wildpferdeherde kannst du ganz du sein.

Bei uns gibt es keinen Ehrgeiz und es geht auch nicht ums Gewinnen.

Bei uns geht es um Gemeinschaft, Freundschaft und Freiheit.

Hier auf dieser Wiese sind wir frei von euren menschlichen Erwartungen und du kannst dein Herz und unsere Stimme hören.“

„Was, wie, *ich kann ganz ich sein. Mein Herz und eure Stimmen hören*. Was soll das heißen?“, stammelt Sarah vor sich hin.

Sternfunke stubst Sarah vorsichtig an ihrer Schulter an und lächelt: „Sarah, hast du gerade Angst, von einem anderen Kind oder der Reitlehrerin ausgelacht zu werden, weil du mit uns sprichst?“

Sarah schaut Sternfunke verdutzt an: „Nein, es ist ja auch kein anderes Kind oder die Reitlehrerin da.“

Sternfunke sagt: „Na siehst du, genau deswegen hat dich Diavolo zu uns gebracht. Damit du erkennst, wie einfach es ist, mit uns zu reden.“

Sarah kann noch immer nicht ganz verstehen, was das alles bringen soll:

„Was bringt es mir, wenn ich jetzt hier bei euch Wildpferden mit euch reden kann? Sobald ich wieder zu Hause bin verstummt Diavolo und ich muss wieder in der Reitstunde reiten.

Und ich weiß wieder nicht, ob er gerne von mir geritten wird, was er von mir möchte und ob er im Stall glücklich ist!“

„Sarah, du kannst ihn doch jetzt fragen, was er gerne mit dir machen möchte“, erwidert Sternfunke.

Sarah sieht Sternfunke und Diavolo etwas misstrauisch an:

„Ja, sicher kann ich ihn jetzt fragen. Aber was hilft mir das, wenn wir wieder zu Hause im Stall sind?!“

Sarah springt von Diavolos Rücken und geht ein paar Schritte von den beiden Pferden weg, Richtung der anderen Wildpferde, die friedlich miteinander grasen.

*So einen Frieden hätte ich gerne bei uns im Stall.*

*Dass Pferde einfach Pferde sein dürfen und ich sie beobachten kann. Dass wir einfach Freunde sind und miteinander Spaß haben. Keine anderen Kinder, die mich auslachen und keine Reitlehrerin, die mich mobbt, weil ich nicht so gut reiten kann.*

Sarah setzt sich ins Gras und fängt an zu weinen.

*Wenn ich meiner Reitlehrerin und meinen Eltern sage, dass ich nicht mehr reiten möchte, dann darf ich sicher gar nicht mehr zu Diavolo in den Stall.*

Was soll ich dann machen?

Diavolo stellt sich neben Sarah hin und schnaubt ihr in die Haare, bis sie lachen muss.

„Was, wenn deine Gabe mit uns zu sprechen alles verändern wird? Was, wenn es da noch eine andere Möglichkeit gibt, an die du noch gar nicht glauben kannst?"

Sarah sieht Diavolo erneut verdutzt an: „Was für eine Möglichkeit soll das sein? Außer Reitunterricht gibt es im Stall doch keine Möglichkeiten, mit dir Zeit zu verbringen."

„Schau mal: Wenn du mit mir beim Reiten und im Stall so reden könntest wie jetzt gerade, dann wäre das Reiten doch viel lustiger, oder?"

Sarah versteht noch immer nicht ganz, was Diavolo ihr damit sagen möchte.

„Schau Sarah, du wolltest mich ja fragen, ob ich gerne von dir geritten werde…“

„Ja genau“, fällt Sarah ihre Frage wieder ein. „Möchtest du von mir geritten werden?“

Diavolo muss schmunzeln: „Endlich erkennst du die Möglichkeit, was wir gemeinsam erleben können, wenn du mit mir redest.“

Sarah springt von der Wiese auf und sieht Diavolo ganz aufgeregt an: „Ja, wir können gemeinsam entscheiden, was wir machen, ob und wie ich dich reite.“

„Genau Sarah, wir können gemeinsam wie gute Freunde entscheiden, was uns zusammen Spaß macht.“

„Also möchtest du schon von mir geritten werden?“

„Liebe Sarah, das Reiten an sich macht mir nichts aus, wenn du mir zuhörst, was ich von dir brauche. Dann trage ich dich gerne, dann macht es mir auch Spaß.“

„Und fühlst du dich in deiner Box wohl?“, schießt es auf einmal aus Sarah heraus.

„Naja, es ist schon ein wenig eng und ich würde viel lieber auf einer großen Wiese herum galoppieren.“

„Fühlst du dich eingesperrt?“, fragt Sarah nach.

„Genau das ist das Wort, ich fühle mich *eingesperrt*.“

„Mhm, dann geht es dir in der Box so wie mir beim Reiten“, meint Sarah. „Ich fühle mich auch irgendwie eingesperrt, ich möchte auch frei sein. Frei mit dir zusammen entscheiden.“

„Vielleicht können wir gemeinsam dafür eine Lösung finden?“, schnaubt Diavolo ganz aufgeregt. „Los, lass uns nach Hause reiten,“ meint er zu Sarah, „und mit deinen Eltern reden.“

Sarah ist sich noch nicht sicher und sieht Sternfunke fragend an: „Kann ich denn, wenn wir zu Hause sind, noch mit Diavolo reden?“

Sternfunke sieht ihr tief in die Augen: „Sarah wenn du mit deinem Herzen fühlst und ganz bei dir bleibst, wirst du immer mit Pferden reden können. Das ist deine besondere Gabe.

Wenn andere Kinder oder auch Erwachsene dich dafür auslachen, lache zurück, denn im Grunde sind sie nur eifersüchtig, dass du diese Gabe hast und sie nicht mit Pferden sprechen können.

Du kannst dich jederzeit mit uns, der Wildpferdeherde, verbinden und dir von uns Kraft schicken lassen. Wir stehen hinter dir und unterstützen dich."

Diavolo und Sarah machen sich auf zurück in den Stall. Ein wenig mulmig ist ihr schon, als sie dort ankommen. Die Reitlehrerin, ihre Eltern (die die Reitlehrerin mittlerweile verständigt hat) und Tina stehen ganz aufgeregt da.

„Wo wart ihr, was ist passiert?", rufen ihre Eltern entgegen. Diavolo flüstert Sarah ins Ohr: „Hör auf dein Herz!"

Sarah ist erleichtert, dass sie ihn auch zu Hause noch immer verstehen kann.

„Alles gut", ruft Sarah zurück, „Diavolo hat mir gezeigt, was Freiheit und wahre Freundschaft bedeuten."

„Mama, Papa", fängt sie ganz aufgeregt zu erzählen an, „ich wünsche mir einen neuen Stall für Diavolo und ich möchte nur noch reiten, wenn es sich für mich und ihn gut anfühlt.

Können wir einen Stall suchen, wo Diavolo frei mitentscheiden und in einer Pferdeherde auf einer großen Wiese leben kann?"

Ihre Eltern sehen sie ganz verdutzt an und wissen zuerst nicht, was sie sagen sollen. Aber umso länger sie Sarah mit Diavolo beobachten, umso mehr wird ihnen klar, dass sich irgendetwas verändert hat, seit er mit ihr davon galoppiert ist.

Sie wirkt so vertraut mit ihm, sie sind so glücklich miteinander.

So kommt es, dass Diavolo in einen schönen Offenstall umzieht und mit Sarah eine glückliche Freundschaft führt.

Sie verbringen zusammen Stunden in der Pferdeherde und Sarah liebt es, mit ihnen zu sprechen.

Die Reitlehrerin und Tina kommen Sarah und Diavolo sogar einmal besuchen und sind ganz neugierig, was sie da so in der Herde und mit Diavolo macht.

Ob sie ihnen davon erzählt, dass sie mit Pferden sprechen kann, ist aber eine andere Geschichte...

# 5.
# Mein Freund Lemmy

ab 6 Jahren

von Regina Kubik
(Illustrationen: Evelyn Bubeck)

Mika ist mit seinen Eltern aus der Großstadt Hamburg nun in ein kleines, idyllisches Dörfchen gezogen. Das neue Häuschen liegt genau neben einem kleinen Bauernhof.

Mika freut sich schon ganz doll auf die vielen Tiere, die dort leben. Allerdings hat er große Angst vor seinen neuen Klassenkameraden aus der 2a. In seiner alten Klasse 2c in Hamburg wurde er nämlich oft gehänselt.

Im Deutschunterricht hatte er oft Bauchschmerzen, wenn er etwas **vor** der Klasse aufsagen musste, ein Gedicht oder so. Dann haben immer alle so komisch gelacht und Grimassen geschnitten. Und Lisa, die Klassenbeste, hat Mika immer sonderbar angegrinst.

Beim Abendbrot fragt Mika seine Mama:

„Du, Mama, wenn nun in der neuen Klasse auch alle über mich lachen und so gemein sind, dann möchte ich überhaupt NIE mehr in die Schule!"

„Ach, Mika, nun warte doch erst einmal ab. Vielleicht sind die Kinder dort auf dem Lande anders und sind freundlich zu dir. Deine neue Klassenlehrerin, Frau Fröhlich, hat auf jeden Fall schon einmal einen wunderbaren Namen", antwortet Mikas Mama ganz ruhig und lächelt Mika an.

Als Mika dann abends in seinem Bett liegt, kann er vor Aufregung gar nicht einschlafen. Morgen ist der große Tag, morgen lernt er seine neue Klasse kennen.

Er dreht sich von links nach rechts, von rechts nach links und *endlich* wird er müde und schlummert ganz allmählich ins Land der Träume.

Am nächsten Morgen fahren der Junge und seine Eltern mit dem Auto zur neuen Schule. Mika löchert seine Mutter während der Fahrt mit Fragen:

„Wie sind die Kinder in der neuen Klasse?
Neben welchem Kind muss ich sitzen?
Wie viele Kinder sind in der Klasse?
Finde ich dort Freunde?
Mama, ich habe Angst...!“

„Ich glaube, Mika, du wirst dort Freunde finden. Das habe ich irgendwie im Gefühl, sei gespannt!“

*Hm*, denkt er, *oft kommt es so, wie Mama es vermutet hat.* Mika beschließt jetzt, es wirklich abzuwarten. Mal sehen, vielleicht ist die Frau Fröhlich ja wirklich ganz nett.

Dann parkt Papa das Auto vor der Schule. Mama und Papa bringen Mika zum Lehrerzimmer, wo sie von einer netten Dame empfangen werden.

Mika verabschiedet sich von seinen Eltern mit einem dicken Kloß im Hals, er muss ein wenig schlucken. Nun bringt die nette Dame Mika in sein neues Klassenzimmer. Frau Fröhlich hat bereits mit der Klasse gesprochen und die Kinder auf ihren neuen Klassenkameraden vorbereitet.

Die Tür des Klassenzimmers geht auf und Mika sieht dort eine junge Frau, die ihn sehr freundlich anlächelt und ihn hereinbittet. Mika ist sehr aufgeregt und guckt in die Klasse. Er sieht Kinder, die ihn neugierig und freundlich anlächeln. Und dann wird ihm auf einem Mal ganz warm ums Herz.

Was ist denn das???!! Da liegt mitten in der Klasse ein Hund, ein schwarz-weißer Wuschelhund. Kein Stoffhund, nein, ein echter lebendiger Hund liegt dort!

Die ganze Aufregung ist verschwunden und er hört gerade noch, wie Frau Fröhlich ihn fragt, wie denn sein Name sei.

„Äh... ich heiße Mika...“, antwortet er.

„Das ist aber ein schöner Name“. Frau Fröhlich lächelt Mika an und nickt ihm zu.

Magst du Hunde, Mika?“

„Oh ja, sehr, sehr gerne. Ich möchte immer einen haben, aber meine Eltern erlauben es mir nicht“.

„Na, dann hast du ab heute einen Klassenhund. Sein Name ist Lemmy, ein Border Collie. Wenn du magst, kannst du dich in die 3. Reihe auf den freien Platz neben Tommy setzen.“

„Au ja, da möchte ich sehr gerne sitzen“, hört Mika sich sagen, denn genau dort liegt auch Lemmy, der jetzt seinen Kopf in die Höhe streckt und an Mikas Schulranzen schnuppert.

Mika ist ganz entzückt von seinem vierbeinigen Klassenkameraden und denkt leise für sich: „Wir werden Freunde, Lemmy, ja?!“

Lemmy guckt ihn direkt an und Mika meint, gesehen zu haben, dass der Hund ein wenig mit dem Kopf genickt hat.

„Da gibt es ein paar Lemmy-Regeln, Mika, die auf jeden Fall eingehalten werden müssen:

**1. Bewege dich langsam und sei bitte leise.**

**2. Frage bitte Frau Fröhlich, ob du Lemmy streicheln darfst.**

**3. Schulranzen müssen geschlossen sein, sodass Lemmy eure Schulbrote nicht stibitzen kann.**

**4. Nach dem Streicheln immer deine Hände waschen.**

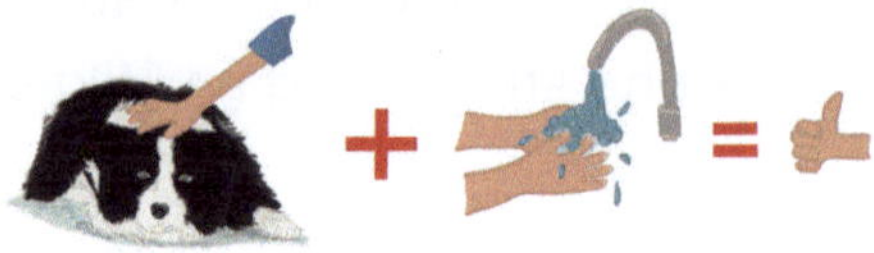

Braucht ihr Kinder mal eine kurze Verschnaufpause? Dann erzähle ich euch etwas über Hunde und ihre Eigenschaften, Bedürfnisse, Rassen, Körpersprache und vieles mehr. Ihr könnt dann natürlich auch Fragen stellen.

Manchmal, wenn ihr sehr gut mitgearbeitet habt, bauen wir auch kurze Spielpausen mit Lemmy ein, sozusagen als kleine Belohnung für euch – und Lemmy.

Die Lemmy-Regeln hängen auch an unserem schwarzen Brett hier in der Klasse, Mika."

Auch Tommy, neben dem Mika nun sitzen darf, lächelt ihn freundlich an und sagt:

„Wir haben jetzt Deutsch und haben ein Gedicht gelernt, das wir nun nacheinander aufsagen."

Mika wird bei dem Wort *Gedicht* ganz mulmig. Er hört, wie Frau Fröhlich ein Mädchen nach vorne bittet, um das gelernte Gedicht vorzutragen.

Das Mädchen heißt Melena und Mika sieht ihr an, dass sie sehr aufgeregt ist und ihr die zweite Strophe des Gedichts nicht einfällt.

Frau Fröhlich fragt: „Na, Melena, was meinst du: Könnte Lemmy dich unterstützen, wenn er zu dir nach vorne kommt?"

„Oh ja, gerne, das wäre gut!"

Somit gibt Frau Fröhlich Lemmy ein kurzes Kommando - und schwupps sitzt Lemmy neben Melena. Nun guckt er mit seinen Knopfaugen in die Klasse. Alle Kinder gucken ganz verliebt auf Lemmy, was Melena erleichtert. Im Nu fällt Melena die zweite Strophe wieder ein.

Mika ist begeistert und denkt: „Also, wenn ich ein Gedicht aufsagen muss, dann möchte ich Lemmy ebenfalls an meiner Seite sitzen haben!"

„Das hast du sehr schön aufgesagt, Melena. Du kannst dich gerne wieder auf deinen Platz setzen“, hört Mika Frau Fröhlich sagen.

Das Gedicht wird von weiteren Kindern vorgetragen. Die einen mit Lemmys Unterstützung, die anderen schaffen es auch schon ganz alleine.

Mika ist verwundert, dass keines der Kinder komisch lacht oder eine Grimasse zieht. Auch dann nicht, wenn das Gedicht mal ein wenig stockend vorgetragen wurde.

Auf einmal klingelt die Pausenglocke. Die Deutschstunde ging so schnell zu Ende.

Der erste Schultag in der neuen Klasse ist geschafft und Mika freut sich jetzt bereits auf den morgigen Tag – ganz besonders auf Lemmy.

„Mama, Mama, ich habe schon einen neuen Freund gefunden, es hat so viel Spaß gemacht. Ich freue mich ja so auf morgen.“

„Das ist ja eine schöne Begrüßung, Mika, erzähl doch mal.“ Natürlich weiß Mikas Mama bereits von dem Klassenhund. Mikas Eltern haben sich ja bewusst für diese Schule entschieden.

„Wir haben einen Schulhund, er heißt Lemmy. Und er guckt so süß und ist so lieb. Beim Gedicht Aufsagen dürfen wir ihn mit nach vorne nehmen und er hilft uns dann. Ich möchte heute das Gedicht ganz schnell lernen, damit ich Lemmy auch an meiner Seite habe“.

Danach begibt sich Mika sofort fleißig ans Lernen.

Am zweiten Schultag begrüßen die Kinder Mika sehr freundlich und stellen ihm einige Fragen. Mika holt tief Luft und will gerade antworten, da kommt Frau Fröhlich mit Lemmy ins Klassenzimmer.

Alle Kinder setzen sich ganz ruhig und leise auf ihre Plätze, was Mika als sehr angenehm empfindet. In seiner alten Klasse waren die Kinder immer sehr laut, wenn der Lehrer in die Klasse kam: Stühle knallten um, Tische wurden gestoßen, manche Kinder riefen laut durch die Klasse. Hier ist alles anders, einfach sehr schön.

„Guten Morgen Kinder. Na Mika, hast du deinen ersten Tag bei uns gut überstanden? Wie geht es dir?“

„Ja, mir geht es gut und... äh... ich möchte gerne das Gedicht vorne aufsagen...“, hört Mika sich ganz erschrocken sagen.

Tommy guckt ihn verdutzt von der Seite an und raunt ein „Wow, du bist ja mutig!“

Mika fängt ein wenig an zu schwitzen.

„Aber klar, das darfst du sehr gerne. Dann komm doch einfach zu mir nach vorne.“

Mika geht etwas unsicher nach vorne und als er sich umdreht, guckt er in die erstaunten Gesichter seiner neuen Klassenkameraden.

Oh nein, da ist er wieder, der dicke Kloß im Hals, der schwere Stein im Magen. Der Text ist wie weggepustet, einfach nicht da... Wo ist er hin?

Ganz verzweifelt, mit roten Wangen, guckt Mika zu seiner Lehrerin, die ihn nur lieb anlächelt und mit ruhiger Stimme meint:

„Ich habe so das Gefühl, Mika, dass du ein wenig Unterstützung von Lemmy brauchst. Was meinst du, rufe ihn doch einfach mal zu dir nach vorne. Streichle ihm ein wenig über sein weiches Fell und frage ihn, ob er dir hilft."

Mika strahlt über das ganze Gesicht und geht zu ihm. Alles ist vergessen, er hat nur noch Augen für Lemmy, seinen Freund.

„Hallo Lemmy, hilfst du mir beim Gedicht Aufsagen?" Lemmy guckt Mika mit seinen treuen Augen lieb an, wedelt mit seiner Rute und es kommt ein leises „Wuff" aus ihm heraus. Ganz entzückt von der süßen Fellnase tapert Mika mit Lemmy an seiner Seite weiter nach vorne an die Tafel.

„So, Mika, nun atme einmal gaaaanz tief ein und entspannt wieder aus und dann beginne einfach noch einmal von vorne, mit Lemmy an deiner Seite…"

„Mama, Mama, Mama, stell dir vor, ich habe heute das Gedicht vor der Klasse aufgesagt, ohne einen Fehler. Und weißt du, wer mir geholfen hat??!"

„Na, Frau Fröhlich, nehme ich an."

„Ach, Mama, die natürlich auch. Aber ganz nah bei mir saß Lemmy, unser Klassenhund. Er hat mir so sehr geholfen. Erst wusste ich gar nichts mehr, weil ich so aufgeregt war und dann, als Lemmy bei mir war, fiel mir alles wieder ein.

Es war so schön. Ich hatte keinen Kloß mehr im Hals und die Kinder haben geklatscht, als ich fertig war. Die sind alle so nett zu mir und mögen mich so wie ich bin."

Mika geht gerne in die neue Klasse. Er freut sich jeden Morgen auf den Unterricht, weil es einfach so schön ist, dort einen lieben Hund als Klassenfreund zu haben. Irgendwie ist hier alles ruhiger, alle sind zufrieden, hier lachen die Kinder viel mehr als in seiner alten Klasse.

Am Donnerstag fragt Finja Mika, ob er mit ihr das Hundefutter für Lemmy aus dem Lehrerzimmer holen möchte. Finja ist Klassensprecherin und Mika ist mächtig stolz, dass er mitgehen darf.

Tim verteilt Einladungskarten zu seinem Geburtstag in der Klasse. Auf einmal bleibt er vor Mika stehen und gibt auch ihm eine Karte in die Hand. Dabei kennt Tim ihn doch noch gar nicht so gut.

Oh, es macht so viel Spaß, in dieser Klasse zu lernen. Wird es manchmal ein wenig langweilig, dann spielt Lemmy den Klassenclown und rollt sich auf dem Rücken hin und her und schnaubt dabei. Danach schüttelt er sich ganz dolle und die ganze Klasse lacht und schmunzelt über die süße Fellnase.

Ab und an wird es auch mal etwas lauter in der 2a. Dann wird Lemmy sehr unruhig und sucht mit seinen traurigen Augen den Blick seines Frauchens, also Frau Fröhlich, und bittet um ihre Hilfe.

Sie ermahnt dann die Kinder und fordert ein wenig Rücksichtnahme, das funktioniert! Sehr gut sogar.

Lemmy dankt es den Kindern, indem er sich mit einem tiefen Seufzer zurück auf seinen Platz legt. Danach folgt immer ein lauter Schmatzer und schwupps, ist der süße Zottelpelz eingeschlafen.

Bei dem süßen Anblick geht durch jedes Kind ein so wohliges Gefühl. Sie erkennen alle, dass es Lemmy bei ihnen gut geht, solange sie respektvoll mit ihrem tierischen Freund umgehen. Sie nehmen gerne Rücksicht auf Lemmy, denn sie lieben ihren Partner auf vier Pfoten.

Danach bekommen die Kinder auch ein dickes Lob von ihrer Lehrerin, die daraufhin mit strahlenden Kinderaugen belohnt wird. „Ich bin sehr stolz auf euch, danke, Kinder".

„Frau Fröhlich, das machen wir doch gerne für Lemmy. Er ist doch unser bester Freund. Wir lieben ihn alle sehr und möchten, dass es ihm bei uns gut geht", bemerkt Finja im Namen aller.

Ihre Lehrerin lächelt alle ganz ergriffen an: „Ach, Kinder, es bringt mir so viel Spaß, euch zu unterrichten. Ihr seid einfach klasse!"

# 6.

# Peter und der Zauberwald

ab 8 Jahren

von Sandra Spinnraths

(Illustrationen: Evelyn Bubeck)

Es regnete schon den ganzen Tag. Peter war es egal, welches Wetter war. Er nutzte die Möglichkeit zu lesen, ohne dass er ständig von seinen Eltern zu hören bekam, doch mal nach draußen zu gehen und mit seinen Freunden zu spielen.

„Welche Freunde überhaupt?", fragte sich Peter. In der Schule wurde er gehänselt, weil er eine dicke Brille trug. Nur Mia, eine Klassenkameradin, sprach mit ihm. Es war wirklich nicht schön. Schule war eindeutig eine Qual für ihn und er war froh, in seine Welt der Bücher flüchten zu können.

Seine Eltern verstanden das nicht. Sie verstanden insgesamt wenig. Denn sie hörten nicht zu, so jedenfalls empfand es Peter.

Oft hatte er schon gehört, wie sie leise miteinander sprachen.

„Peter ist zu still",

„Peter sollte sich Freunde suchen, das geht doch so nicht, immer eigenbrötlerisch im Zimmer zu hocken",

„Vielleicht sollten wir mal mit ihm zum Psychologen gehen".

Verstanden sie denn nicht, dass die Welt da draußen für ihn eher Stress bedeutete? Verstanden sie nicht, wie es ist, immer auf der Hut zu sein, um nicht gehänselt zu werden, kein Bein gestellt zu bekommen oder sich bei den Klassenkameraden außen vor zu fühlen?

Er seufzte und nahm, wie jeden Tag, sein Buch *Der Zauberwald* zur Hand. Da war die Welt in Ordnung. Er legte sich bäuchlings auf den Boden und schlug das Buch auf.

Sogleich nahmen ihn der Zauberwald und seine Bewohner in den Bann. Er liebte es, den Geschichten von Tinka, der Katze und Wim, dem Fuchs, zu folgen. Die zwei waren wahre Freunde. So wie er es sich insgeheim auch wünschte.

Peter hatte das Talent, sich wirklich in Geschichten hineinversetzen zu lassen. Wenn er las, war er in der Geschichte, so auch jetzt.

Also lausche der Geschichte und sei gespannt, was Peter heute erlebt:

Es war heute ungewöhnlich still im Wald. Tinka und Wim schauten sich um. Alles sah aus wie immer. Und doch... war es irgendwie... anders.

Was war es nur? Hmmm. Der Baum stand dort, wo er immer stand. Der Busch auch. Die Sonne schien auch. Hmmmm.

Tinka überlegte. Sie schaute Wim an und sagte: „Komm, lass uns mal eine Runde drehen. Irgendwas erscheint mir komisch heute.“ Wim nickte und trottete mit Tinka los.

Nachdem sie eine Weile durch den Wald gestreift waren, begegneten sie Betsi, der Maus. Betsi war ganz aus dem Häuschen und lief den beiden schon aufgeregt entgegen.

„Gut, dass ihr da seid! Es ist so schrecklich!“
„Was denn?“, fragte Tinka.
„Na, lausch doch mal!“, aufgeregt hüpfte Betsi auf und ab.

Tinka spitzte die Ohren. „Ich hör nix.“
„Ja eben!“, rief Betsi. „Das ist es ja gerade!“
Jetzt bemerkte Tinka es auch. Es war still. Totenstill sogar.
„Die Vögel“, sagte sie. „Sie singen nicht.“

„Sie singen nicht nur nicht, sie sind weg!“, rief Betsi mit sich überschlagender Stimme.

„Ooooh man“, schaltete Wim sich ein. „Ich ahne Böses.“ Fragende Blicke von seinen Freunden.

„Ihr habt doch von der Legende des alten Knut gehört, oder? Der Zauberer, der alle 1000 Jahre kommt und die Vögel entführt, um der Welt damit ein Stück der Freude zu nehmen?“

Natürlich hatten sie davon gehört, jedes Tier hörte in der Tierschule diese Geschichte. Sie sollte lehren, immer gut aufeinander acht zu geben und füreinander da zu sein.

„Was machen wir denn jetzt?“, fragte Tinka.

„Na, wir müssen die Vögel suchen und befreien“, erwiderte Betsi. „Aber ich fürchte, dafür brauchen wir Hilfe. Wir allein sind zu klein, um es mit Knut aufzunehmen. Wir brauchen jemanden mit Verstand und Mut. Jemanden wie... PETER.“

Peter schrak hoch und schloss schwungvoll das Buch. Er schaute sich im Zimmer um, sein Herz klopfte. Hatte er das wirklich gehört? Hatte Betsi gerade seinen Namen gerufen? Unmöglich. Oder doch nicht?

„Peeeeter!“, hörte er wieder eine fiepsige Stimme. „Wir brauchen deine Hilfe!“

Er schüttelte den Kopf. Das konnte doch nicht sein. Vorsichtig schlug er das Buch wieder auf, starrte auf die Seite und berührte instinktiv die Illustration vorne im Kapitel. Und dann... dann spürte er eine Art Sog.

Wind kam auf und umhüllte Peter. Er hörte es tosen und toben, während er langsam immer kleiner und kleiner wurde. Es zog ihn ins Bild hinein! Peter hatte komischerweise gar keine Angst.

Er fiel und fiel, aber er spürte dabei eine seltsame Ruhe. Er wusste, dass ihm ein Abenteuer bevorstand, aber er freute sich darauf. Denn er konnte es mit seinen Freunden erleben. Den Freunden aus dem Buch, die ihm schon so oft Trost und Ablenkung gespendet hatten.

Endlich war es vorbei. Der Tunnel, durch den er geflogen war, war zu Ende und er plumpste unsanft auf den Boden.

Der Junge öffnete vorsichtig ein Auge. Drei Augenpaare starrten ihn an, neugierig und aufmerksam.

„Peter?“, fiepste es. „Bist du es?“
„Ja, bin ich“, antwortete er zaghaft.

Wie konnte das sein? Er sprach mit einer Maus? Krass. Zu Hause konnte er das doch auch nicht?

Als hätte Wim seine Gedanken gelesen, sagte er: „Du musst dich nicht wundern. Du hast die Fähigkeit mit uns Tieren zu sprechen nicht nur hier, sondern kannst es auch in deiner eigenen Welt.

Du darfst hier nur aufmerksam zuhören, dann verstehst du uns auch. Du hast dir die Fantasie bewahrt. Du glaubst noch an Magie. Deshalb bin ich sicher, dass du genau der Richtige bist, um uns zu helfen, die Vögel zu retten.“

Peter war sich da gar nicht so sicher. Er? Der Richtige für irgendwas? Er schüttelte den Kopf. Noch nie hatte jemand das zu ihm gesagt. Dass er eine Unterstützung sei.

Konnte er das wirklich?

„Du befindest dich gerade in einer Märchenwelt, Peter“, antwortete Wim, als hätte er seine Gedanken erahnt, „da ist alles möglich.“

„Da hat er auch wieder recht“, dachte Peter. „Ok, wenn du meinst, dann lass uns mal losgehen.“

Die ungleiche Vierergruppe machte sich auf den Weg. Wim ging voran. Seine Nase war einfach am besten geeignet, um den Weg zu erschnüffeln. Außerdem hatte er super Augen und konnte vorausschauend vorlaufen.

Betsi nahmen sie in die Mitte und Tinka bildete das Schlusslicht.

Sie liefen über den weichen Waldboden und Peter schaute sich ehrfurchtsvoll um. Es war so schön hier! Die Sonne brach sich so wunderbar im Blätterdach. Aber die Stille, die war wirklich komisch.

*Jetzt merkt man erstmal, wie es ist, wenn keine Vögel zwitschern*, dachte Peter.

Sehr komisch. Es fehlt einfach etwas. Es war, als wäre gleich ein Stück Fröhlichkeit mit davongeflogen.

Ein ganzes Weilchen liefen sie noch, dann war der Wald plötzlich vorbei und eine steinige Landschaft erstreckte sich vor ihren Augen. Wo vorher sehr viel Grün war, wurde es jetzt von grau in grau abgelöst.

„So weit weg von zu Hause war ich noch nie“, fiepte Betsi.

„Ich auch nicht“, flüsterte Tinka.

Peter nickte zustimmend. Obwohl die Landschaft nicht besonders einladend war, spürte er doch mit jedem Schritt, den er tat, mehr Mut und Zuversicht. Schließlich war er der Größte in der Gruppe.

Ein Mut, den er vorher noch gar nicht kannte, durchströmte ihn. Er würde die Vögel finden, gemeinsam mit seinen Freunden. Jawohl! In einem Märchen ist alles möglich.

In einem Märchen und mit Freunden. Es fühlte sich schön an, nicht allein zu sein, sondern ein Teil einer Gemeinschaft.

Peter spürte, dass er sich das für seine eigene Welt auch wünschte. Das war ihm bis jetzt noch gar nicht klar gewesen.

Wieder spürte Wim, dass in Peter etwas vorging.

„Ich weiß, was du fühlst, Peter", sagte er. „Wir Füchse sind in der realen Welt nicht so gern gesehen, weil wir kleine Jäger sind. Da sind wir meistens unter uns geblieben. Wenn wir hier nicht in unserer schönen Märchenwelt wären, wäre ich bestimmt auch nicht mit Betsi befreundet oder mit Tinka. Einfach, weil wir von der Tierart her nicht zueinander passen.

Aber weißt du, eigentlich ist das egal. Denk doch mal an die Schule, Peter."

*Kann Wim Gedanken lesen?*, fragte sich Peter. Wim fuhr fort.

„Einige der anderen Kinder sind da nicht so nett zu dir. Das schmerzt, das weiß ich. Es macht dich unsicher, auch das ist klar.

Aber eigentlich ist es so, dass auch diese Kinder unsicher sind. Viel mehr vielleicht, als du. Sie haben dich dazu ausgesucht, das zu überspielen.

Genauso, wie du dich in deine Bücherwelt begibst und dich in die Geschichten träumst, suchen diese Jungs nach Möglichkeiten im Außen, sich besser zu fühlen.

Es ist mir ganz wichtig, Peter, dass du weißt, dass das nichts mit dir zu tun hat. Gar nichts.

Ganz ehrlich, du bist ein toller Junge und du darfst auch in deiner Welt mutig sein. Genauso mutig wie du es gerade bist, um uns zu helfen.

Ich kann dir einen guten Rat geben, mein Freund. Schließe einmal die Augen und spüre in dich hinein, wie du dich gerade fühlst. Wie fühlt es sich an, mutig zu sein? Ist es ein schönes Gefühl? Voller Zuversicht?“

Peter nickte.

„Dann mach es doch so, wenn du wieder in deiner Welt bist. Immer, wenn du das Gefühl hast, unsicher zu werden oder dich verstecken zu müssen, denke daran, wie du dich hier bei uns gefühlt hast, als du uns geholfen hast, die Vögel zu retten. Du kannst dieses Gefühl immer wieder zu dir holen, dafür ist ja deine Fantasie da.

Das ist eigentlich ganz leicht. Und ich bin mir sicher, dass wenn du das fleißig übst, du dich irgendwann von ganz alleine mutig fühlst.

Das merken dann auch deine Mitschüler und sie werden gar nicht mehr auf die Idee kommen, komisch zu dir zu sein. Dann kannst du ihnen zeigen, wie es ist, mutig zu sein, weil du genau weißt, wie das geht.“

Wim nickte voller Überzeugung.

*So einfach kann es gehen?*, fragte sich Peter. *Das probiere ich wirklich mal aus.*

„Wie sieht’s aus, Freunde? Dann lasst uns mal losgehen, die Vögel zu retten. Wir sind das beste Team, das es dafür gibt. Wir schaffen das!“

Hoch erhobenen Hauptes ging Peter neben Wim. Sein Schritt war fest, sein Blick nach vorne gerichtet.

Der Zauberer würde sich noch wundern. Jetzt kommen Peter und seine Freunde!

Sie besiegten den Zauberer gemeinsam. Alle Vögel kehrten zurück und die Tiere feierten ihr Beisammensein. Und Peter? Er hatte fortan nicht mehr nur Freunde im Märchen, sondern traute sich auch im echten Leben mehr zu.

# 7.

# Die Botschafterin der Zoo-tiere

ab 8 Jahren

von Sonja Neuroth

(Illustrationen: Sonja Neuroth)

„Schau mal, wie blöd der guckt. Er ist eben doch nur ein dummer Affe!"

„Heey, Affe, zieh nochmal so eine Grimasse! Ich mach dich jetzt im Internet berühmt!"

Die Jungs aus der Klasse bekamen sich gar nicht mehr ein. Sie schrien laut umher, während sie mit ihren Handys in der Hand vor dem Affenhaus des Zoos standen und durch die Scheibe filmten.

Einige von ihnen zogen Grimassen und versuchten, die Affen dazu zu animieren, ebenso lustig zu schauen. Lukas war sogar gerade dabei, einen passenden Filter auf seinem Smartphone herauszusuchen, um den Affen - wie er sagte - „berühmt“ zu machen und online zu posten.

Rana seufzte... wieso musste sie gerade mit diesen Kindern in einer Klasse sein? Merkten sie gar nicht, wie es den Tieren damit ging, wenn man sich über sie lustig machte? Wirklich glücklich wirkten die Affen nicht... Dass die Jungs so herum schrien und Grimassen zogen, machte es auch nicht besser.

Die Klasse war gerade auf einem Ausflug in den Zoo, um mal zu lernen, „wie Tiere so leben“. Ihre Lehrerin Frau Ernst war gerade verschwunden, die Jungs machten nur Blödsinn, einige der Mädchen hingen vor ihren Handys und schauten gar nicht, was um sie herum passierte.

Rana stand - wieder einmal - alleine abseits der Gruppe und beobachtete die Situation.

In ihrer Klasse war sie die Außenseiterin. „Die Käferflüsterin“ wurde sie manchmal genannt. Bloß, weil sie mit jedem Tier (auch Käfern), das ihr über den Weg lief, sprach und auch sehr häufig Tieren in Not half.

Sie rettete Schnecken über die Straße, brachte Regenwürmer in Sicherheit oder sagte den Vögeln, dass sie aufpassen sollten, nicht gegen die großen Glasfenster in der Schule zu fliegen. Manchmal hatte man den Eindruck, dass sie mehr mit

Tieren, als mit Menschen redete, da sie ansonsten eher still war.

Die anderen Kinder machten sich darüber lustig, weil sie wenig mit dem eher ruhigen Mädchen anfangen konnten.

„Kindeeeer, wir gehen jetzt weiter! Hört auf mit den Grimassen, es geht nun zum Gehege der Giraffen, vorbei an den Elefanten“. Der Ruf von Frau Ernst riss Rana aus ihren Gedanken.

Die Gruppe machte sich auf den Weg: Frau Ernst ganz vorne, gemeinsam mit dem Klassenstreber Justus, der Frau Ernst ganz begeistert einen Vortrag über Giraffen hielt, den er natürlich gestern Abend schon ausgearbeitet hatte.

Nach und nach folgten die anderen Kinder. Lukas ging als Vorletzter direkt vor Rana her.

Zunächst kamen sie an den Elefanten vorbei und Rana hörte Lukas erneut Witze über die Tiere machen. Er überlegte wohl schon,welche Videos er noch von ihnen machen könnte.

Doch da - Hilfe, was war das?! Auf einmal tauchte ein riesiger Elefantenrüssel direkt über Lukas Kopf auf, umschlang ihn an der Hüfte und hob ihn über die Absperrung hinweg, mitten in das Elefantengehege!

Ein Elefant hatte Lukas

„entführt"! Wie konnte denn das passieren?

Rana erschrak und wusste sofort: Sie musste etwas tun! Nur was? Die anderen waren schon weit weg und sie traute sich nicht zu schreien. Nicht, dass die Elefanten Ärger bekamen. Bestimmt war das Ganze ein Missverständnis.

„Hey, was macht ihr denn da? Holt mich auch rein!", rief sie den Elefanten zu. Vielleicht konnte sie ja zwischen ihnen und Lukas vermitteln und sie bitten, ihn wieder auf die andere Seite des Geheges zu setzen…

Ehe sie sich versah, kam der Rüssel erneut über die Absperrung und hob auch sie hoch! Huuuuui…

Rana wurde ganz sanft auf der anderen Seite wieder abgesetzt und schaute als erstes in ein liebevolles, großes Elefantenauge, das sich zu ihr heruntergebeugt hatte.

„Hallo Menschenkind, ich bin Nandi. Wie heißt du?", fragte sie der graue Riese, der übrigens verglichen mit den anderen Elefanten, die sich im Hintergrund aufhielten, nicht ganz so groß war. Es schien wohl noch ein junger Elefant zu sein.

„Ich heiße Rana und das da…", Rana zeigte auf Lukas, der wie erstarrt vor den Elefanten stand und am ganzen Körper zitterte, „… ist Lukas.

Bitte seid ihm nicht böse. Er hat sich heute schon über einige von euch lustig gemacht. Aber ich glaube, er weiß es nicht besser. Ich finde ihn auch nervig, aber wir haben alle nichts davon, wenn ihr ihm etwas antut! Frau Ernst wird fürchterlich schimpfen, wenn einem von uns etwas passiert und wir nicht heil nach Hause kommen."

„Keine Sorge, wir werden ihm nichts tun. Doch ihr müsst jetzt mitkommen. Ich soll euch zu unserem Ältesten bringen. Lukas soll aufhören, sich so anzustellen. Wir beißen doch nicht!“, amüsierte sich der junge Elefant.

Er setzte sich sofort in Bewegung. Rana dachte nicht lange nach und folgte ihm. Ja, das war definitiv eine seltsame Situation - und doch war es so selbstverständlich, sich dem Elefanten anzuschließen.

„Was machst du denn da?“, fragte Lukas. Er hatte den Elefanten nicht gehört, weil er der Meinung war, dass nur Verrückte mit Tieren sprechen könnten.

„Er hat gesagt, wir sollen mitkommen. Wenn du keinen Ärger willst, folgst du uns jetzt besser. Ich bin die Einzige, die dich hier wieder rausholen kann“, sagte Rana leicht genervt, weil sie ausgerechnet mit Lukas in diesem Gehege gelandet war. Er hatte ihr auch noch nie geholfen - ganz im Gegenteil.

Nach ein paar Schritten waren sie bereits bei einem großen Elefanten angekommen, der sichtbar alt war, aber bestimmt einmal sehr kraftvoll gewesen sein musste. Er hatte noch immer eine sehr prachtvolle Ausstrahlung.

„Hallo Rana, schön, dass du endlich da bist. Ich wusste, dass du eines Tages kommen würdest... Ich bin Gajapati, der Anführer unserer kleinen Herde“.

„Du... du kennst meinen Namen?“, nun begann Rana zu stammeln und wurde leicht nervös. Dass Tiere mit ihr sprachen, war ihr nun nichts Neues, doch ihren Namen hatte noch keines gekannt. Und bisher hatte keines speziell auf sie gewartet.

„Ja, und noch mehr als das... Ich weiß, wie es dir geht. Dass du dich hier manchmal nicht wirklich wie zu Hause fühlst und dass du niemanden hast, den du einen Freund nennen würdest ... außer den Tieren!"

Gajapati hatte recht! Deutschland war schon irgendwie eine Heimat für Rana geworden - und gleichzeitig auch nicht. Als sie drei war, war sie mit ihren Eltern aus Syrien hierher gekommen. Zwar sprach sie inzwischen fließend deutsch, aber dennoch fühlte sie sich nie ganz zugehörig. Sie vermisste ihre Großeltern und manchmal hatte sie dumpfe Erinnerungen an ihre alte Heimat, so als ob etwas fehlte.

Und dann kam ja noch dazu, dass sie einfach andere Interessen als die meisten anderen Kinder hatte: Statt ununterbrochen am Smartphone zu hängen, war sie an der Natur und den Tieren interessiert.

„Wir haben dich zu uns geholt, weil du uns verstehen kannst und weil du eine Botschafterin zwischen uns und der Menschenwelt bist", fuhr Elefant Gajapati fort, der sich nicht aus dem Konzept bringen ließ, obwohl nun gleich zwei verunsicherte Kinder vor ihm standen.

„Es wird höchste Zeit, dass uns auch mal jemand zuhört", der Elefant fing an zu schnauben, „denn irgendwie redet man immer nur *über* uns, aber nie *mit* uns... Wir hören so oft, dass es um unser Wohl geht, aber niemand hat uns danach gefragt, was wir denn brauchen!

Nun gut, vielleicht sollte ich mich dir erstmal vorstellen, ich vergesse ja schon ganz meine Manieren...

Also, meinen Namen kennst du ja schon. Er bedeutet übrigens *König der Elefanten*.

Ich bin ein indischer Elefant und meine Kindheit war schön, ich lebte in Freiheit und mit meinen Geschwistern zusammen. Bis ich eines Tages zu Menschen kam, bei denen ich als Arbeitselefant hart schuften und immerzu schwere Lasten schleppen musste. Das war ganz schön anstrengend! Die Menschen, bei denen ich war, haben mich auch nicht gut behandelt...

Eines Tages aber kamen andere Menschen. Sie brachten mich in einen großen Container und flogen mich hierher... ins kalte Deutschland. Brrrr! Seit vielen Jahren lebe ich jetzt hier und kümmere mich um die jüngeren Elefanten. Sie nennen mich ihren Ältesten und fragen mich immer um Rat, wenn etwas ist. Denn ich bin der Einzige, der die Welt da draußen schon einmal gesehen hat. Die anderen hier, auch Nandi, der euch hergebracht hat, kennen nur diese Welt!

Wie es ihnen und mir damit geht, fragst du dich?

Nun, es ist nicht alles nur schlecht! Ich bin dankbar, dass ich hier nicht schuften muss und von allem immer genug da ist. Die Jüngeren kennen es auch nicht anders und es gibt nichts, was sie direkt vermissen. Wer nichts anderes kennt, der vermisst auch nichts... und dennoch, sie fragen mich oft, wie es draußen so ist und wie das Gefühl sein muss, in einem ECHTEN großen Fluss zu stehen, ausgiebig toben zu können und sich gegenseitig nass zu spritzen.

Ich glaube, die Jungen würden niemals überleben, wenn man sie in die Wildnis bringen würde. Sie haben ja manchmal schon Angst, wenn es gewittert... und sie sind warmes Wetter nicht gewöhnt.

Unsere Pfleger sind nett, wenn auch manchmal etwas schwer von Begriff. Wir reden so viel mit ihnen, aber das meiste kommt nicht an, beziehungsweise sie brauchen sehr lang, bis der Groschen fällt und sie uns verstehen... Aber gut...

Warum ich dich zu uns gerufen habe: Rana, wir hören immer von den Menschen, dass sie uns retten möchten und dass wir die Botschafter für unsere Art seien, damit ihr mehr über uns lernt.

Wir versuchen, diese Rolle zu erfüllen und wollen euch schon die ganze Zeit etwas sagen, aber wir haben den Eindruck, dass es nicht ankommt?!

Du bist auch eine Botschafterin, denn du hörst uns zu und kannst gleichzeitig mit den Menschen reden. Ich weiß das!

Kannst du unsere Botschaft überbringen? Es ist wirklich wichtig!“

„Ähhhh... ja?!", entwich es Rana zögerlich. Dass sie einmal eine solch wichtige Aufgabe übernehmen sollte, hätte sie niemals gedacht. Aber den Elefanten schien es sehr wichtig zu sein. Ihr fiel jetzt sogar auf, dass sie sich im Kreis rund um sie, Lukas und Gajapati aufgestellt hatten.

„Super, mit einer anderen Antwort hätte ich auch nicht gerechnet", plapperte Gajapati erleichtert weiter.

„Also, es geht um folgendes: So oft sehen wir, wie ihr Menschen uns zwar hier besucht, aber überhaupt gar nicht BEI uns seid - mit eurer Aufmerksamkeit.

Seit einigen Jahren habt ihr alle so komische Dinger in der Hand, die ihr euch fast ununterbrochen vors Gesicht haltet. Diese Dinger scheinen spannender zu sein, als wir! Ihr nennt sie Smartphones. Es geht euch immer darum, das ‚perfekte Bild' zu schießen, doch dabei vergesst ihr ganz, wirklich mit uns in Verbindung zu gehen.

Manche von euch, wie dein spezieller Freund Lukas hier, sehen uns eher wie Puppen, die das machen sollen, was sie lustig finden.

Einerseits wollt ihr sehen, wie wir leben, doch andererseits hört und seht ihr uns gar nicht richtig.

Und wenn ich jetzt noch einen Schritt weitergehen darf... Ihr sagtet, wir seien Botschafter unserer Art. Wenn ich jetzt mal für unsere Art sprechen darf, dann wünschen wir uns, dass ihr unser ALLER wahres Zuhause schützt... die Erde!

Wie ich schon sagte: Die jungen Elefanten hier vermissen nicht wirklich die Wildnis, weil sie sie nicht kennen. Dennoch würden sie sich freuen, mehr Platz und echte Natur zu haben. Doch es geht uns um noch mehr als das: Wir sehen, wie ihr unser aller Zuhause kaputt macht! Nicht nur das Zuhause, aus dem ich ursprünglich komme, sondern das, wo wir hier alle leben!

Wir wünschen uns, dass ihr wieder mehr hinschaut, auch im Alltag: Was sagen die Tiere um euch herum, die im Wald, im Park, in den Gewässern, der Luft oder eben auch im Zoo leben?

Wie wäre es, wenn ihr euch weniger untereinander streitet, wer am meisten oder am wenigsten für die Tiere und die Umwelt tut und wenn ihr stattdessen anfangt, GEMEINSAM mit Mensch und Tier Lösungen zu finden? Genau das würde uns glücklich machen!“

„Ohja, ich weiß so gut, was du meinst. Aber wie soll ICH daran etwas ändern? Ich bin doch nur ein Kind. Und dann noch nicht mal ein sehr beliebtes“, seufzte Rana.

„Du musst die Welt nicht alleine retten. Du machst hier und jetzt mit uns den Anfang! Und er da - Lukas - wird dir helfen. Denn er wird dir unendlich dankbar sein, dass du ihn vor uns gerettet hast. Dass wir ihm ohnehin nie etwas getan hätten, muss er ja nicht wissen. Lass ihn in dem Glauben, dass du zwischen ihm und uns vermittelt hast... und er wird den anderen alles erzählen, was du ihnen von uns ausrichten lässt!“

Rana konnte das alles zwar kaum glauben, doch so kam es: Die beiden Kinder wurden von den Elefanten wieder über das Gitter gehoben und fanden schnell den Anschluss an die restliche Gruppe, die nicht einmal bemerkt hatte, dass sie gefehlt hatten.

Rana versprach Lukas, niemandem zu erzählen, dass er sich bei den Elefanten beinahe in die Hose gemacht hatte, wenn er ab jetzt helfen würde, ihre Botschaft zu verbreiten.

Irgendwie fand er Rana nun doch ganz cool, da sie so besonnen mit den riesigen Tieren umgegangen war. Er begann, sich näher mit den verschiedenen Tierarten dieser Welt und ihren eigentlichen Lebensräumen zu befassen. Wo sie in Wahrheit herkamen, was sie zum Leben brauchten, und so weiter...

Die Kinder gründeten schließlich einen Tierschutzverein und teilten das, was Gajapati gesagt hatte, auch online mit der Welt. Dass Lukas wusste, wie man viele Menschen erreichen konnte, war jetzt doch eine gute Sache!

Sie sammelten Spenden für Tiere in Not auf der ganzen Welt und erklärten den anderen Kindern, wie Wildtiere in Freiheit eigentlich leben und was sie brauchen, um glücklich zu sein. Außerdem konnten sie ihren Schuldirektor überzeugen, dass die Klasse ihre Partnerschule in Indien besuchen durfte und sie dort gemeinsam eine Elefanten-Auffangstation besuchen (ein Ort, an dem Elefanten in Not leben und teilweise wieder auf die Wildnis vorbereitet werden).

So endet zwar diese Geschichte hier - Doch Rana und die anderen Kinder erlebten noch so manche Abenteuer mit den Elefanten und den anderen Tieren dieser Welt.

# 8.

# Coopers Besuch im Regenbogenland

## ab 8 Jahren

### von Cornelia Hannesschläger

(Illustrationen: Sonja Neuroth)

Im Wald hörte man eine Stimme verzweifelt rufen:
„Isabell, Cooper! Wo seid ihr denn nur?"
Es war Isabells Mutter, die auf der Suche nach ihrer kleinen Tochter war.

Das Mädchen lebte zusammen mit ihrer Familie und ihrem allerbesten Freund Cooper in einer kleinen Siedlung am Waldrand.

Isabell war mit ihren acht Jahren die Jüngste von drei Kindern. Damals bei ihrer Geburt zog fast zeitgleich der kleine, schokobraune Labradorwelpe Cooper bei ihnen ein.

Die beiden hatten von Anfang an eine einzigartige Verbindung. Cooper hörte auf niemanden so gut, wie auf seine kleine Freundin mit den schulterlangen braunen Locken.

Sein Herz gehörte Isabell und seine Aufgabe war, gut auf sie aufzupassen.

Isabell kannte jeden Winkel des Waldes, er war sozusagen ihr zweites Kinderzimmer.

Ein paar Minuten von zu Hause entfernt schlängelte sich ein kleiner Bach seinen Weg zwischen den großen Bäumen hindurch.

Das war Isabells und Coopers Lieblingsplatz. Es verging kaum ein Tag, an dem sie nicht hierher kamen.

Cooper liebte das Wasser, aber noch viel lieber spielten sie zusammen verstecken.

Manchmal saßen beide einfach nur nebeneinander und Isabell erzählte ihm, was sie alles in der Schule erlebt hatte.

Eigentlich stand Cooper mit seinem Alter mitten im Leben.

Vor ein paar Wochen fing er jedoch plötzlich an, wenig zu fressen und nahm stark ab. Daraufhin stellte der Tierarzt leider fest, dass er sehr krank war und bald sterben würde.

„Komm Cooper, hier hinter der großen, umgefallenen Eiche am Bach können wir uns gut verstecken und es findet uns bestimmt niemand“, meinte Isabell und setzte sich. Eine Zeit lang streichelte sie vorsichtig seinen Kopf, der auf ihrem Schoß lag.

„Heute ist es soweit. Mama und Papa wollen mit dir zum Tierarzt fahren, dort soll dir geholfen werden, dass du für immer einschlafen kannst.

Ich möchte dich nicht verlieren, aber es geht dir nicht mehr gut und ich spüre, wie sehr du dich bemühen musst, wach zu bleiben.

Du bist der Einzige, der mich immer versteht, der mich tröstet und dann extra Blödsinn macht, damit ich wieder lachen kann", wisperte Isabell leise in Coopers Fell.

Er schleckte mit seiner langen Zunge ihre Tränen fort. Isabell saß nun schon eine ganze Weile mit ihrem besten Freund versteckt im Wald.

Langsam wurde sie müde vom vielen Weinen und nickte kurz ein, dabei hielt sie Cooper ganz fest.

„He, Isabell! Wach auf!", weckte sie eine ihr vertraute Stimme. „Wo sind wir?", fragte das Mädchen.

Vor ihnen erstreckte sich eine große Lichtung.

Die Sonne strahlte am tiefblauen Himmel.

Es roch nach Rosen, Äpfeln, frisch gebackenen Brötchen und Kuchen.

In der Ferne stand ein großer Baum. Um ihn herum versammelten sich viele Tiere, sie spielten und tobten. Manche dösten einfach nur vor sich hin und ließen sich die Sonne auf ihr Fell scheinen.

Und was war das? So einen wunderschönen großen Regenbogen hatte Isabell noch nie gesehen.

„Das hier ist der Ort, wohin ich gehen werde, wenn ich sterbe", antwortete Cooper mit zufriedener Stimme.

„Du kannst sprechen?", stellte Isabell überrascht fest.

„Ich spreche schon immer zu dir.

Du hörst meine Stimme oft in deinen Gedanken. Du wusstest nur nicht, dass ich es war.

Ich bin dir immer ganz nahe und lasse dich schon dein Leben lang wissen, wie es mir geht und was ich brauche.

Wir beide haben eine besondere Verbindung – du bist mein Seelenmensch und ich bin dein Seelenhund", antwortete Cooper und sah mit großen leuchtenden Augen zu Isabell.

"Ich möchte nicht, dass du mich verlässt!

Ich vermisse dich jetzt schon so sehr, obwohl du noch da bist. Wie soll ich das alles nur ohne dich schaffen?

Manchmal streite ich mit meinen Geschwistern oder Mama und Papa schimpfen mit mir. Du bist nie böse auf mich.

Manchmal bin ich einsam, wenn niemand Zeit hat. Du bist immer für mich da.

Und manchmal sind die Kinder in der Schule gemein zu mir oder lachen mich aus. Du tröstest mich, wenn ich traurig bin.

Du bist mein bester Freund“, schluchzte Isabell mit leiser Stimme.

Cooper kuschelte sich ganz fest an Isabell und flüsterte ihr ins Ohr:

„Weine nicht, meine Liebe. Ich bin immer bei dir, auch wenn du mich nicht mehr sehen kannst. Ich passe auf dich auf.

Wenn du deine Augen schließt und ganz fest an mich denkst, wirst du mich sehen und spüren – zwar ein bisschen anders als jetzt, aber das macht nichts.

Unsere Herzen sind miteinander verbunden.

Ich habe dich so sehr lieb und verspreche dir, dass wir uns wiedersehen werden.

Halte deine Augen offen. Denke daran, nichts in deinem Leben passiert zufällig.

Achte auf die kleinen und großen Zeichen, die dir begegnen. Ich werde mich dir öfter zeigen, als du denkst. Vielleicht in einem anderen Tier, einer Blume oder einem Stein. Alles ist Energie und miteinander verbunden.

Viele Menschen können sich das nicht vorstellen, weil sie verlernt haben, auf diese Art und Weise zu sehen und fühlen. Du weißt jetzt, was möglich ist und wie es geht, dass wir immer zusammen bleiben!“

Auf einmal hüpfte Cooper auf und flitzte wie der Blitz nach vorne zum großen Baum, drehte wieder um und kam so schnell zu Isabell zurückgelaufen, dass er nicht mehr bremsen konnte und sie umwarf.

Sie mussten beide lachen. So stürmisch hatte sie ihn schon lange nicht mehr erlebt. Es war schön anzusehen, dass es ihm gut ging.

Sie lagen noch eine ganze Weile zusammen in der Wiese und erzählten sich lustige Geschichten, die sie zusammen erlebt hatten.

„Weißt du noch?“, lachte Cooper.

„An deinem fünften Geburtstag lag ich unter dem Geschenketisch. Auf einmal ging die Pudeldame vorbei, die ich so mochte und ich sprang so schnell auf, dass der Tisch umkippte und deine Geburtstagstorte zu Boden fiel.

Und als wäre das nicht genug gewesen, verschlang ich noch die Hälfte der Torte. Du weißt ja, ich war immer so hungrig und saugte jedes Körnchen wie ein Staubsauger ein...

Oje, da waren deine Eltern ziemlich sauer auf mich.

Du fingst zu weinen an, fandest es dann aber so lustig, weil mein ganzes Fell im Gesicht voller Torte war.“

Isabell konnte sich noch genau daran erinnern, außerdem hatte sie sich oft die Fotos von diesem besonderen Geburtstagsfest in ihrem Album angesehen.

„Warum hast du dir so ein kurzes Leben ausgesucht?“, wollte Isabell wissen.

Cooper antwortete: „Weißt du... das Alter ist nur für euch Menschen so wichtig. Wir Tiere haben keine Angst vor dem Tod. Das ist nichts Schlimmes. Es gehört einfach zum Leben dazu. Es ist ein Kommen und Gehen.

Wir haben unsere Aufgaben bei und mit euch. Wir weisen euch dann oft mit einem bestimmten Verhalten auf ein Problem hin. Wenn wir Glück haben, lernt ihr etwas dazu im Leben.

Es ist auch unsere Aufgabe, euch zu lehren, dass das Leben unterschiedlich lange dauern kann und oft anders verläuft, als man es geplant hat. Mancher bleibt lange hier, ein anderer geht schon früher. Ich habe dieses Mal ein kürzeres Leben gewählt.

Es ist Zeit, dass wir zurück gehen. Sie suchen uns schon und machen sich große Sorgen."

Isabell drückte ihren besten Freund noch einmal ganz fest an sich und steckte die Nase in sein dickes braunes Fell. Cooper seufzte tief und gab ihr noch einen dicken nassen Hundekuss auf die Wange.

Das Mädchen schloss die Augen und als sie diese wieder öffnete, saßen beide noch immer hinter der großen, umgefallenen Eiche am Bach.

Isabell blickte zu Cooper. Sein Kopf lag noch immer auf ihrem Schoß. Er war friedlich eingeschlafen und dabei gestorben.

„Da bist du ja!", rief ihre Mutter, als sie Isabell endlich fand.

„Cooper ist jetzt im Regenbogenland und tobt mit seinen Freunden um den großen Baum“, erklärte Isabell mit einem kleinen Lächeln im Gesicht, während ihr ein paar dicke Tränen über die Wangen kullerten.

„Ach mein Liebling, komm her. Cooper geht es jetzt wieder besser, da bin ich mir ganz sicher“, antwortete Isabells Mutter, als sie ihre Tochter in den Arm nahm.

Die Zeit verging, aber es gab keinen Tag, an dem Isabell nicht an ihren Seelenhund dachte.

Immer, wenn sie traurig war, Angst hatte oder Cooper einfach nur von den vielen schönen Dingen in ihrem Leben erzählen wollte, schloss sie ihre Augen und dachte ganz fest an ihn, so wie er es ihr erklärt hatte.

Auf der Stelle wurde Isabells Herz ganz warm und sie spürte Cooper so nahe, als stünde er neben ihr. Angst und Traurigkeit verschwanden.

Dann lächelte sie und musste an die Worte ihres Freundes denken. Zu wissen, dass es da so viel mehr gab, als wir uns vorstellen konnten, tröstete sie. Eine kleine Träne der Dankbarkeit lief über ihre Wange, weil er ihr das alles verraten hatte.

Ein paar Jahre später passierte etwas Sonderbares. Isabell ging noch immer gerne und oft in den Wald zum Spazieren.

Auf ihren üblichen Wegen entdeckte sie plötzlich in der Ferne ein altes Haus.

Warum war ihr dieses zuvor noch nie aufgefallen?

Neugierig ging sie darauf zu und traf dort eine ältere, freundliche Frau.

Die beiden unterhielten sich eine Weile, als Isabell plötzlich ein Wimmern hörte und ihren Augen nicht traute.

Hinter dem Haus stand ein alter Holztisch, darunter lag eine Hündin mit fünf süßen Welpen.

Einer der Kleinen hüpfte sofort auf und tapselte tollpatschig direkt auf Isabell zu.

Das kleine schwarze Wollknäuel blieb vor ihr stehen, setzte sich und die beiden blickten sich lange Zeit ganz tief in die Augen.

Isabell spürte, wie ihr Herz warm wurde und ein Gefühl tiefer Verbundenheit in ihr hochkam.

„Na, so ruhig habe ich den Kleinen noch nie erlebt", unterbrach eine Stimme die Begegnung.

Die Frau bot ihr an:

„Falls du auf der Suche nach einem Hund bist, kannst du ihn gerne mitnehmen. Wie es scheint, habt ihr einen guten

Draht zueinander. Eigentlich waren alle Welpen schon vergeben, dieser junge Herr sucht aber jetzt wieder ein Zuhause.

Irgendwie sollte es nicht sein. Die Eltern der zukünftigen Familie haben sich unerwartet getrennt und so ist zur Zeit bei ihnen kein Platz für einen Hund."

Isabell antwortete mit einem Lächeln im Gesicht:

„Ich kannte einmal jemanden, der sagte... *Denke daran, nichts in deinem Leben passiert zufällig...* Ich nehme ihn sehr gerne und bin mir sicher, wir werden eine wunderschöne Zeit miteinander verbringen."

# 9.
# Majas Superkräfte

ab 8 Jahren

von Romana Rohrer

(Illustrationen: Sonja Neuroth)

Bäm! Maja knallt die Tür hinter sich zu. Wohlwissend, dass ihre Mutter es hasst, wenn sie das tut. Aber das ist ihr in diesem Moment pupsegal. Denn jetzt gerade ist ihre Mutter die fürchterlichste Person auf diesem Planeten. Und überhaupt ist sie auch die doofste aller Mütter.

Wütend wirft sich Maja auf ihr Bett. Da kommt ihr schwarzer Kater Felix, der eben noch ganz entspannt auf der Fensterbank die Vögel im Garten beobachtet hat, zu ihr aufs Bett gesprungen. Er setzt sich neben sie und schaut sie an.

„Was?!“, faucht sie ihn an. „Ist doch wahr! Alle dürfen immer alles machen, nur ich nicht! Sie versteht mich einfach nie und weiß dauernd alles besser!“

Felix sitzt einfach nur da und hört ihr zu. Er scheint sie ganz neutral zu beobachten, so wie er es eben mit den Vögeln gemacht hatte. Völlig ohne Erwartungen und doch total aufmerksam.

Kurz überkommt Maja ein wohliges Gefühl. So, als würde sie ihr Kater verstehen. Doch sie wischt das Gefühl schnell wieder weg, denn sie möchte sich jetzt gerade gar nicht gut fühlen. Sie möchte weiter auf ihre Mutter wütend sein. Sie kuschelt sich an Felix und schläft müde und wütend ein.

„Mama, lauf! Nun lauf doch endlich!“, Maja brüllt ihre Mutter an, doch die scheint kein Wort von ihr zu verstehen. Voller Panik und mit weiten Augen starrt Maja in Richtung der Bäume und zum Dickicht. Eben hat sie einen rabenschwarzen Panther gesehen, der ziemlich hungrig aussah.

„Wo ist er hin? Warum sieht ihn Mama nicht?“, die Angst scheint Maja schier zu überwältigen. Doch ihre Mutter trägt sie einfach ganz entspannt weiter und flüstert ihr ins Ohr: „Ganz ruhig meine Kleine, alles ist gut. Hör doch auf zu weinen. Ich bin ja da!“

Scheinbar kann ihre Mutter weder das Gleiche sehen wie sie, noch kann sie ihre Worte verstehen.

„Was zum Teufel ist denn hier los!?“, fragt sich Maja. Als sie an sich selbst hinunterblickt, sieht sie, dass ihr Körper so klein ist wie der eines Babys und sie kann sich auch nicht so wie immer bewegen.

„Was ist hier los?!“, noch mehr Panik durchfährt ihren ganzen Körper. Plötzlich hört die Bewegung auf und ihre Mutter legt sie auf ein Bettchen aus Blättern.

„Mama, du kannst mich hier nicht hinlegen, der Panther ist immer noch in der Nähe! Ich habe Angst!“, versucht Maja ihre Mutter eindringlich zu überzeugen.

Doch irgendwie scheint ihre Mutter sie nicht zu verstehen, sie streicht ihr nochmal über den Kopf und wendet sich ab. Maja versucht, ihre Mutter zum Bleiben zu bringen, doch diese reagiert nicht auf das Gebrüll, welches aus ihrem Mund kommt.

Plötzlich, wie aus dem Nichts, spürt sie, wie sie wieder hochgehoben und sanft hin und her gewogen wird. Doch es ist nicht ihre Mutter. Ein wohliges Gefühl durchströmt ihren Körper und eine sanfte Stimme spricht zu ihr:

„Du brauchst jetzt keine Angst mehr zu haben. Entspanne dich, meine Kleine. Wir sind da und passen auf dich auf.“

Maja kennt die Stimme nicht, doch irgendwie spürt sie sich vertraut an. Sie kann nicht umhin, der Stimme ein Lächeln zu schenken.

Als sie ihre Augen öffnet, sieht sie einen großen Elefanten, der seinen Rüssel um ihren Körper geschlungen hat. Doch bevor sie sich ängstigen kann, kommt schon die nächste Welle des wohligen Gefühls durch ihren Körper.

„Hallo liebe Maja, ich bin Elli!“, stellt sich die Elefantenkuh höflich vor.

*Woher weiß dieser Elefant bitte, wie ich heiße? Und warum weiß sie, dass ich Angst habe*, denkt Maja so bei sich.

„Oh, ich kann es spüren.“, antwortet Elli entzückt. „Du sendest es über dein natürliches Schwingungsfeld, welches dich umgibt. Alles, was du denkst oder fühlst, ist in diesem Feld abgespeichert und jeder, der sich mit dir verbindet, kann das Gleiche spüren wie du. Du kannst auch gleichzeitig spüren, was ich spüre. Vertrauen, Sicherheit, Kraft, Stärke und ein wohlig warmes Gefühl in meinem Herzen. Die Menschen nennen es auch Liebe“, ergänzt die Elefantenkuh mit einem Lächeln.

„Aha, daher kommt dieses Gefühl. Moment, wieso kann ich dich eigentlich auch verstehen? Wie geht denn das wieder?“, fragt Maja verdutzt.

„Einfach, weil du es kannst. Du kannst die wahre Kommunikation zwischen allen Wesen, egal ob Mensch oder Tier, zu jeder Zeit wahrnehmen.“

*Aha*, denkt Maja wieder und kann nicht so recht glauben, was Elli da spricht. Ist auch egal, es fühlt sich prima an.

Plötzlich hört sie ein Rascheln in den Büschen und schreckt hoch. Da ist er wieder, der Panther! Er tritt aus dem Dickicht hervor und Maja überkommt erneut die Angst. Doch dieses Mal ist sie nicht ganz so intensiv.

Elli begrüßt auch den Panther höflich und meint zu ihm: „Sei etwas weniger intensiv mit deinem Auftreten, du machst unserem Gast ja Angst."

„Das tut mir leid, das war keine Absicht.", erwidert der Panther und setzt sich wie Felix neben Maja und Elli hin. Er wendet sich Maja zu: „Hallo kleines Mädchen, du musst wohl Maja sein. Ich bin Alexis. Ich möchte dir helfen, deine Emotionen besser zu verstehen."

„Das machst du, indem du mir Angst machst?", fragt Maja entrüstet. „Das ist nicht besonders nett von dir!"

„Ach weißt du, Emotionen lassen sich nun mal am leichtesten erklären, wenn sie gefühlt werden. Dann braucht es gar nicht mehr viele Worte dafür", Alexis schaut sie mit einem eindringlichen Blick, der Maja gleich wieder erschaudern lässt, an.

Er erklärt weiter:

„Ich führe dich durch das Dickicht deiner Gefühle, damit du dich nicht verirrst. Denn Gefühle können manchmal verwirrend sein. Es braucht deinen ganzen Mut und dein vollstes Vertrauen in dich selbst, damit du dich deinen Emotionen stellen kannst. Möchtest du wissen, welche Mächte sich hinter deinen Emotionen verbergen und wie du sie für dein Leben verwenden kannst?“

„Au ja, das klingt interessant!“, antwortet Maja voller Neugier.

„Also gut, hör gut zu. Die WUT zeigt dir deine unbändige KRAFT, mit der du alles in Bewegung setzten kannst, was du dir wünschst. Sie treibt dich voran.

Hinter deiner ANGST versteckt sich dein MUT. Der Mut, der dich weitergehen lässt, auch wenn du gerade nicht weißt, wie und wo es weitergehen soll.

Und hinter deinem SCHMERZ findest du deine VERLETZLICHKEIT. Sie hilft dir ganz fein und liebevoll, mit dir und deinem Umfeld umzugehen. Das sind deine Superkräfte!“

Maja ist erstaunt und fühlt sich schon viel besser als noch zuvor: „Wow, danke für deine Erklärung, das wusste ich nicht. Bis jetzt hat mich meine Wut immer überrannt und ich wollte einfach nur etwas zerschlagen. Aber, dass das meine Kraft ist, das ist mir neu...“

Alexis unterbricht Majas Gedanken: „Du darfst deine Gefühle fühlen, aber lass dich nicht von ihnen auf Irrwege leiten. Wisse, dass deine eigenen Gedanken deine Emotionen auslösen. Sei dir immer bewusst darüber, wer du wirklich bist. Du bist ein wundervolles Lichtwesen, das mit seinem einzigartigen Licht das Leben auf der Erde erhellt. Du bist ein Geschenk!“

Majas Herz öffnet sich bei diesen Worten und sie spürt, wie sich ihr Körper verändert. Sie beginnt zu wachsen und ja, sie fühlt sich GROSSartig! Ein breites Lächeln liegt auf ihrem Gesicht.

Nun steht sie wieder auf ihren Füßen und Elli löst ihren Rüssel von Maja: „Nun weißt du alles, was du für den Moment wissen musst. Komme gerne wieder zu uns, wenn du Fragen hast. Du kannst dich zu jeder Zeit mit uns verbinden, nicht nur in deinen Träumen. Du kennst nun unsere einzigartige Signatur. An der wirst du uns immer erkennen.“

Maja umarmt die weise Elefantendame liebevoll und schickt ihr aus ihrem Herzen alle Liebe, die sie dort finden kann. Dann wendet sie sich Alexis zu, der sich gerade eine Pfote leckt: „Danke Alexis, dass du mir gezeigt hast, dass ich ok bin, so wie ich bin, mit all meinen Emotionen.“

„Nun komm schon her!“, ermuntert der Panther Maja. Er hat wohl bemerkt, dass sie noch etwas skeptisch ist. Sie lächelt ihn an und geht auf ihn zu, um ihn zu umarmen. Auch ihm lässt sie all ihre Liebe zukommen. Diese Liebe aus ihrem Herzen scheint unendlich zu sein. Sie will sich gar nicht mehr aus der Umarmung lösen, doch dann hört sie ein Klopfen, welches immer lauter wird.

Maja öffnet die Augen. Da sitzt Felix wieder vor ihr. Irgendwie fühlt er sich anders an. Irgendwie sieht er doch ein bisschen aus wie Alexis.

Das Klopfen an der Tür holt sie aus ihren Gedanken.

„Ja!“, ruft Maja und ihre Mutter öffnet die Tür. Vorsichtig lugt sie herein. Sie sehen sich für einen Moment an.

Da überkommt Maja dieses unbändige, wohlige Gefühl. *Wow, ich kann meine Mama spüren!,* denkt sie so bei sich und schenkt ihrer Mutter ein Lächeln.

Plötzlich verspürt sie den Drang, ihre Mutter zu umarmen. Sie geht zu ihr hinüber und umarmt sie. Sie spürt so viel Liebe, wie sie es noch nie zuvor für ihre Mutter empfunden hat.

„Mama, ich kann mit Tieren sprechen!“

„Ja, ich weiß“, antwortet ihre Mutter.

„Mama, ich kann dich spüren!“

„Ja, ich weiß, mein Schatz!“

Endlich hat Maja das Gefühl, ihre Mutter kann sie wahrnehmen, wie sie ist. Und umgekehrt, sie kann ihre Mama ganz tief spüren. Es ist ein ihr altbekanntes Gefühl, welches sie lange mit ihrer Wut überdeckt hat.

*Was hier wohl noch alles möglich ist?,* denkt Maja so bei sich, schmiegt sich noch fester an ihre Mutter und genießt das wohlig warme Gefühl.

# 10.

# Finn und Yukis magische Reise ins Meer

ab 8 Jahren

von Birgit Huber

(Illustrationen: Sonja Neuroth)

Finn ist ganz aufgeregt, denn er ist mit seinen Eltern auf dem Weg in ein öffentliches Aquarium.

Da gibt es ganz viele verschiedene Wasserbecken, mit unterschiedlichen Fischen.

Finn liebt Fische und möchte unbedingt auch ein eigenes Aquarium in seinem Zimmer haben. Seit er den Film „Findet Nemo“ gesehen hat, ist er von Fischen, vor allem von Meeresfischen, begeistert und wünscht sich auch einen Nemo bei sich zu Hause.

Ganz aufgeregt steht Finn hinter seinen Eltern an der Kasse. Sie müssen noch den Eintritt für das Aquarium bezahlen, damit sie zu den Fischen gehen können.

Als es dann endlich losgeht und Finn die ersten Becken mit Fischen sieht, ist er noch aufgeregter. Er sieht in jedes Becken nur kurz rein und sucht nach Nemo. Die ganzen anderen Fische interessieren ihn nicht wirklich.

Finns Vater versucht ihm bei jedem Aquarium zu erklären, welche Fische darin schwimmen und aus welchem Land sie kommen. Doch Finn will nur Nemo sehen und rennt von einem Becken zum nächsten.

Bis er vor der großen Glasscheibe eines riesigen Beckens steht und ganz viele bunte Fische vor einem Korallenriff schwimmen sieht. Sein Herz klopft stark und ganz laut, er ist richtig aufgeregt.

Auf einmal schreit er durch den ganzen Raum: „Schaut mal Mama, Papa, da ist Nemo!“. Da hinten in der - wie heißt das Ding nochmal? - versteckt sich Nemo.

Seine Eltern lachen kurz und erklären ihm, dass das eine Art von Koralle, eine Anemone, ist und dass dies nicht Nemo aus dem Film ist, sondern ein Clownfisch.

„Ja, sicher weiß ich doch, dass das nicht der echte Nemo ist“, meint Finn und muss kurz über sich selber lachen, dass er vor lauter Aufregung einfach losgebrüllt hat.

„Ah, so leben die im Meer, in einer Anemone“, meint Finn zu seinen Eltern.

Seine Sehnsucht nach einem eigenen Aquarium wird noch größer und er kann gar nicht aufhören, den ganzen Fischen beim Schwimmen zuzusehen. Er erforscht das ganze Becken, sieht immer mehr Details und immer mehr verschiedene Fische. Auch eine Dori, also einen Doktorfisch, hat er entdeckt.

Dieses Gefühl, das Finn hat, wenn er den Fischen beim Schwimmen zusieht, hat er bis jetzt noch nie so stark empfunden. Da ist eine Verbindung zwischen ihm und den Fischen, die er nicht beschreiben kann.

Finn fragt seinen Vater: „Wie kommen denn diese Fische hier in dieses Aquarium? Wo haben sie vorher gelebt?“

Sein Vater hat darauf keine Antwort, denn er weiß nicht, woher die Fische kommen.

„Kommen sie aus dem Meer?“, fragt sich Finn und sieht dem Clownfisch noch genauer zu, wie er immer aus der Anemone heraus und wieder hinein schwimmt.

Der Clownfisch kommt nah an die Scheibe und sie sehen sich gegenseitig ganz tief in die Augen.

Finn fühlt sich auf einmal traurig und ihm kommen die Tränen. Schnell wischt er die Tränen weg und schaut sich um, ob seine Eltern das mitbekommen haben.

*Jungs dürfen doch nicht weinen und schon gar nicht unter fremden Menschen,* denkt sich Finn und sieht wieder zu dem Clownfisch, der noch immer ganz nah an der Scheibe schwimmt und ihn ansieht.

Plötzlich spricht der Fisch zu Finn: „Hallo Finn, ich bin Yuki, du kennst mich sicher aus dem Film *Findet Nemo*."

Finn erschreckt sich und springt vom Becken weg. „Wer hat da gesprochen?"

„Ich, Yuki, der Clownfisch."

„Können dich auch andere Menschen hören?", fragt Finn etwas skeptisch nach.

„Naja, wenn sie ihr Herz wieder öffnen und daran glauben würden, dass sie mit uns Fischen reden können, dann ja. Aber jetzt gerade, kannst nur du mich hören."

Yuki schwimmt ganz aufgeregt an der Scheibe auf und ab und fragt Finn:

„Hast du Lust, zu sehen, wo ich früher gelebt habe, bevor ich hier in diesem Becken eingesperrt wurde?

Willst du herauszufinden, warum du dich zu mir und den Fischen im Meer so hingezogen fühlst?“

„Ja, das möchte ich unbedingt. Aber wie willst du mir zeigen, wie du und deine Fischfreunde im Meer leben?“, fragt Finn ganz aufgeregt.

„Ganz einfach, wir machen eine magische Reise ins Meer. Mach deine Augen zu und folge mir“, erklärt Yuki.

Finn sieht kurz zu seinen Eltern hinüber, die bei einem anderen Aquarium vertieft den Fischen zusehen und nichts von dem Gespräch mit Yuki mitbekommen.

„Los, mach deine Augen zu und die Reise kann beginnen.“

Finn macht die Augen zu und sieht Yuki vor sich herschwimmen.

„Da bist du ja“, sagt Yuki, „komm, wir schwimmen los.“

„Was, wir schwimmen los?“ - Da bemerkt Finn erst, dass er jetzt mit Yuki zusammen im Wasser, nein im Meer, ist.

„Keine Angst, lieber Finn, in dieser magischen Reise ins Meer bist du wie wir Fische und kannst im Wasser atmen. Vertraue mir, los geht die Reise.“

Und plötzlich findet sich Finn in einem riesigen Korallenriff im Meer wieder. Da schwimmen ganz viele bunte Fische umher, ein Rochen gleitet über ihnen hinweg und das Wasser ist wunderschön hellblau und klar.

Finn ist sprachlos und überglücklich.

„Schau mal, Finn, hier drüben ist meine Anemone, wo ich früher gelebt habe."

„Aber wie bist du dann in das große Aquarium gekommen, in dem ich dich gerade gesehen habe?" Finn kann es nicht glauben, dass Yuki hier gelebt hat und jetzt in dieses kleine Becken gesperrt ist.

„Es gibt Menschen, die zu uns ins Meer kommen, uns hier in unserer Heimat jagen, mit Plastikbeuteln fangen und dann kilometerweit mit Schiffen, Flugzeugen und Autos transportieren, bis wir in einem Aquarium landen. In meinem Fall in diesem großen Becken, in dem du mich entdeckt hast", erklärt Yuki.

Finn fühlt wieder diese Traurigkeit, die er auch vorhin gefühlt hat, als er vor dem Becken stand: „Yuki, spüre ich deine Traurigkeit?"

„Ja, lieber Finn, du kannst meine Traurigkeit fühlen, weil du empathisch bist, weil du dich in uns hineinversetzen kannst.

Es ist nicht schlimm, dass du als Junge weinst, dir die Tränen runterlaufen. Es zeigt ganz klar, wie intensiv du mit uns Fischen fühlst. Das ist eine Stärke. Lebe sie und nutze sie für dich und die Fische."

„Ok, aber dann werde ich ausgelacht und gemobbt, wenn andere Jungs sehen, dass ich weine", erwidert Finn.

„Lieber Finn, wenn du zu deiner Stärke stehst, dass du mit uns Fischen kommunizieren kannst, unseren Schmerz und unsere Traurigkeit fühlst, dann kannst du uns helfen und anderen Jungs zeigen, wie sie das auch können.

Was, wenn du dadurch uns Fischen helfen kannst, ein schöneres und glücklicheres Leben zu führen?

Was, wenn andere Jungs das auch gerne lernen würden, mit uns Fischen sprechen zu können?“, fragt Yuki.

„Da hast du Recht, Yuki.

Bist du traurig, dass du nicht mehr im Meer frei herum schwimmen kannst?

Wie war das für dich, als du gefangen wurdest, hattest du da Angst?“

„Lieber Finn, ja ich hatte Angst, ich wusste ja nicht, was passieren wird und der ganze Transport war so anstrengend. Einige meiner Freunde sind beim Transport gestorben, das macht mich noch heute traurig.

Aber lass uns jetzt das Meer und die Korallen genießen. Komm, wir schwimmen durch die schönen Korallen.“

Finn schwimmt mit Yuki um die Wette, taucht immer tiefer in die Unterwasserwelt ein und versteht jetzt immer mehr, warum er sich so zu den Meeresfischen hingezogen fühlt.

Es ist das Meer, diese Schönheit der Korallen, die vielen bunten Fische, die wie durch Zauberhand intuitiv miteinander schwimmen und diese Freiheit, die man im Meer fühlt.

Yuki bleibt vor einer wunderschönen Koralle stehen, an der viele verschiedene bunte Fische umher schwimmen:

„Finn, ich fühle mich zwar in diesem Aquarium bei euch Menschen gefangen und meine Sehnsucht nach dem offenen, freien Meer ist groß.

Aber meine Aufgabe ist es, hier ein Botschafter für uns Fische zu sein und mir geht es aktuell ja gut in diesem Aquarium. Viel wichtiger ist es, dass den Menschen bewusst wird, woher wir Fische kommen, wie es uns bei dem Transport geht und welche Aufgabe wir im Meer haben.

Vielen Menschen ist leider nicht bewusst, dass wir Fische im Meer und in den Korallen fehlen, wenn wir alle von euch Menschen gefangen und in Aquarien gesperrt werden.
Es fehlen schon so viele Fische im Meer, die für unser Ökosystem so wichtig sind.

Und vielen Menschen ist nicht bewusst, welche anstrengende Reise wir hinter uns haben, bis wir in euren Aquarien landen und dass wir, wie ihr Menschen, Schmerz und Stress fühlen."

„Oh, das ist aber traurig", meint Finn.

„Ja es ist traurig, aber du, lieber Finn, kannst ja jetzt diese Botschaft in die Menschenwelt tragen."

Finn schaut Yuki skeptisch an: „Wie, ich soll diese Botschaft in die Menschenwelt tragen... ?"

„Ja, lieber Finn. Genau deswegen fühlst du diese tiefe Verbindung zu mir. Du bist das Sprachrohr zwischen uns Fischen und den Menschen. Du kannst all das, was du heute mit mir erlebt und gefühlt hast, in die Menschenwelt tragen."

„Ok, ich habe keine Ahnung, wie ich das machen soll. Ich bin doch noch viel zu jung für so etwas", meint Finn etwas unsicher.

„Wer sagt denn, dass du das alles jetzt sofort machen musst? Du kannst jeden Tag einen kleinen Schritt für uns Fische gehen.

Die erste Frage wäre zum Beispiel: Möchtest du noch ein eigenes Aquarium bei dir im Zimmer haben?"

„Nein auf keinen Fall, ich kann keine Fische in so ein kleines Becken einsperren, nachdem ich gesehen habe, wie ihr im freien Meer lebt."

„Siehst du, Finn, mit dieser Klarheit, dass du kein Aquarium mehr haben möchtest, kannst du anfangen, für uns Fische eine neue WELT zu kreieren. Deine Intuition wird dich leiten und du kannst ja mich und all die anderen Fische jederzeit um Hilfe bitten."

„Ok, ich glaube, ich verstehe, was du meinst."

„Gut, dann können wir ja zurück zu deinen Eltern und ich ins Aquarium schwimmen.

Finn, du kannst deine Augen öffnen, wir sind da..."

Finn öffnet seine Augen. Er steht wieder vor dem großen Aquarium. Yuki schwimmt ganz nah an der Scheibe und seine Eltern schauen noch immer bei dem anderen Becken ganz vertieft den Fischen beim Schwimmen zu.

Finn verabschiedet sich von Yuki und geht zu seinen Eltern.

„Mama, Papa, wir können nach Hause gehen, ich möchte kein Aquarium mehr und Fische in so ein kleines Becken einsperren, die kommen alle aus dem großen Meer."

Seine Eltern sehen ihn fragend an. Bevor sie irgendeine Frage stellen können, erzählt Finn alles, was er gerade erlebt hat und dass er ab jetzt für die Fische ein Botschafter sein wird.

Ein paar Wochen später hält er in seiner Schule ein Referat über die Fische im Meer, wie sie vom Meer ins Aquarium kommen und wie sie sich im Aquarium fühlen.

Er erzählt von Yuki und wie Clownfische in Anemonen leben und wie wichtig diese Fische für unsere Korallen und unser Ökosystem sind.

Seine Mitschüler und sein Lehrer sind von dem Referat begeistert und sein Lehrer meint, dass er ja später mal Meeresbiologe werden könne und somit die Meeresfische weiter erforschen und schützen kann.

# 11.

# Kater Otto und die Geister-Omi

ab 8 Jahren

von Alina Staudt

(Illustrationen: Evelyn Bubeck)

„OOOOOtttoo!“, polternd lief Nele die Treppe hinunter und rief laut nach ihrem besten Freund. Flauschige Pfoten hatte er; Schnurrhaare, die Nele beim Kuscheln kitzelten und feuerrotes Fell – Otto war ein Kater.

„Otto, wo bist du denn?", Nele suchte überall nach ihm, weil sie ein ganz besonderes Geschenk für ihn gebastelt hatte und es kaum mehr abwarten konnte, es ihm zu überreichen. Sie war wahnsinnig stolz auf sich, denn sie hatte es ganz alleine gebastelt, ohne Hilfe von Mama und Papa.

„Na endlich! Da bist du ja!", sie freute sich riesig, als sie ihn endlich unter einem Korbstuhl im Wohnzimmer entdeckte.

„Schau mal", erwartungsvoll streckte Nele Otto eine selbstgemachte Angel aus einem Stock, etwas Bindfaden und einem Korken entgegen. „Selbstgemacht! Nur für dich!" Ihre Augen glitzerten.

Otto schien das Geschenk zu gefallen, denn sobald er es sah, schnellte er mit der Pfote nach dem Korken und biss genüsslich hinein, als er ihn ergriff.

Schmatz

„Sag mal, du hast den doch vorher sauber gemacht, oder?", fragte er Nele kritisch.

„Natürlich", sagte diese voller Überzeugung, „ich weiß doch, wie sauber ihr Katzen seid!" Sie war sehr stolz auf sich, denn sie wusste viel über Katzen.

Eigentlich machte sie den ganzen Tag nichts anderes als mit Otto zu spielen oder Bücher über Katzen zu lesen.

Denn seit dem Umzug in das Haus, das Oma ihnen vererbt hatte, war Nele oft einsam.

Ihre Eltern mussten beide arbeiten und wenn sie abends oder am Wochenende zu Hause waren, war Nele trotzdem oft alleine und traurig.

Das lag daran, dass ihre Eltern sich dann oft über Geld stritten oder am Haus arbeiteten.

Das Haus von Oma war nämlich sehr alt, älter als Oma selbst. So gab es vieles, das getauscht oder repariert werden musste.

„Wären wir doch nie hierher gezogen“, weinte Nele bedrückt in ihrem Zimmer, als sie mal wieder das Gezanke von Mama und Papa mitbekam.

Schlimmer machte die ganze Sache nur, dass Nele all ihre alten Freunde zurücklassen musste und sie im neuen Zuhause noch keine neuen Freunde gefunden hatte. Denn es waren Ferien und jeder war verreist… außer Nele.

Sie fühlte sich sehr oft alleine und der Lärm ihrer streitenden Eltern machte auch nichts besser.

Das einzige, was ihre Tränen trocknen konnte, war Otto mit seinem flauschigen Fell, wenn er sich zu Nele ins Bett kuschelte. Er war wirklich ihr bester Freund.

Nele liebte ihre Oma und vermisste sie sehr. Jedenfalls die erste Zeit nach ihrem Tod, bis die Oma eines Nachts plötzlich an ihrem Bett erschien.

Mit einem leisen Quietschen - *Iiiiiih* - öffnete sich damals die Tür. Schritte kamen langsam näher in Richtung Bett und jemand strich Nele über die Wange und das vom Schlaf zerzauste Haar, sodass sie aufwachte.

Nele bekam einen riesigen Schreck, als sie die Augen öffnete und sie ihre tote Oma vor sich sah. Ihr Herz raste.

„Wie kann das sein?“, ungläubig rieb sie sich die Augen.

Es war so echt. Sie konnte die Oma riechen und ihre Stimme hören, ihre Wärme spüren, als sie nach ihr griff. Fast wie damals, als sie noch lebte. Nur eben etwas anders.

Wie ein süßer Blumenduft, der in der Luft hing, roch ihre Oma. Ihre Wärme empfand sie wie die Wärme der Sonne auf der Haut und die Stimme hörte sie, wie das leise Rauschen des Windes in ihren Ohren.

„Nele, ich bin’s, deine Oma“, sagte sie.

Um ganz sicherzugehen, dass sie wach war, kniff sich Nele sanft, aber deutlich in den Arm.

„Ich bin wach!“, stellte sie fest und schaute erst verdutzt zu Otto, ihrem Kater, dann wieder zur Oma auf.

„Aber was denn sonst?“, fragte die Oma.

„Miau“, sagte Otto und blickte überrascht von Nele zur Oma und dann wieder zu Nele.

„Siehst du, dein Otto sieht mich auch“, sagte ihre Oma.

„Natürlich“, sagte Otto und rollte mit den Augen.

Als ihre Oma dann begann, Nele Geschichten von früher zu erzählen, als Nele noch kleiner war und sie noch in der Stadt wohnten; aber auch von heute, wo die Oma schon körperlich verstorben war, glaubte sie ihr schließlich. Denn woher sollte ihre Oma das alles denn sonst wissen, wenn sie nicht wirklich da war?

Seit dieser Nacht besuchte die Oma beinahe jeden Tag ihre Nele und Kater Otto. Es war für alle drei eine große Freude, denn auch Otto und die Oma hatten sich schon immer gut verstanden.

Als Neles Eltern eines Tages mitbekamen, dass sie nachts mit jemand anderem als ihrem Kater sprach, noch dazu mit jemandem, den sie nicht sehen konnten, suchten sie das Gespräch mit ihr.

Nele erzählte ihnen, dass die Oma vorbeikam, um nach ihr zu sehen und dass sie es war, mit der sie sprach.

Das machte ihren Eltern Sorgen. Sie vermuteten, dass Nele mit der Trauer um die Oma nicht gut zurechtkam und sie sich die Oma einbildete, weil sie sie so sehr vermisste.

Doch dem war nicht so.

Nele wusste schließlich, wer ihre Oma war. Wie sie aussah, roch und sprach. Jede Nacht besuchte sie Nele, erzählte ihr am Bett Geschichten und hörte sich auch ihren Kummer an.

Und auch Otto konnte sie sehen, also warum glaubten sie ihr nicht?

*Wenn sie Oma doch nur sehen könnten oder sie Otto verstehen würden, würden sie mir glauben. Aber sie hören ja nicht zu.* Nele war verzweifelt.

Otto hätte den Eltern erzählen können, dass Nele sich die Oma nicht einbildet, immerhin war er ein sprechender Kater. Aber auch das glaubten die Eltern ihrer Nele nicht.

Als Nele eines Nachts der Oma erzählte, dass sich ihre Eltern oft stritten, wegen Dingen, „die sie nichts angingen, weil sie noch zu klein dafür war“ (so sagten es die Eltern), entschloss sich die Oma, auch zu ihnen durchzudringen. Egal, was dafür nötig war. Denn sie hatte ein wichtiges Geheimnis mit ihnen zu teilen: Über einen Schatz, von dem noch niemand wusste. Und außerdem wollte sie, dass sie Nele und Otto endlich ernst nahmen.

So verrückte sie Gegenstände im Haus, machte Gepolter, sprach zu ihnen.

„Nur der Wind“, war meist die Antwort der Eltern, wenn Nele sie darauf aufmerksam machte.

„Aber das ist Oma!“, schmollte Nele dann, die nicht verstehen konnte, wie ihre Eltern so blind und taub sein konnten.

„Warum verstehen sie es denn nicht?“, fragte Nele ihre Oma am Abend.

„Weißt du, Nele: Als ich noch ein Mensch war, da hätte ich sowas auch nicht verstanden. Leider vergessen wir Menschen mit dem Erwachsenwerden Dinge, die wir als Kinder noch wussten und verlernen auch Fähigkeiten, die wir als Kinder noch beherrschten. Und später wissen wir oft gar nicht mehr, dass wir dieses Wissen und diese Fähigkeiten einmal hatten.“

„Aber warum ist das so?“, wollte Nele wissen.

„So ganz genau kann ich es dir auch nicht sagen, Schatz. Nur so viel: Auch deine Eltern und jeder andere Erwachsene können es wieder lernen. Es scheint nicht jedem gleich leicht von der Hand zu gehen, aber dennoch, die Fähigkeit steckt in allen von uns. Solange wir leben."

„Und wenn wir nicht mehr leben?", hakte Nele nach. Sie war immer schon sehr neugierig gewesen.

„Tja, dann erscheinen wir vielleicht unseren Enkeln und machen sie darauf aufmerksam, dass in uns viel mehr steckt, als wir manchmal denken!", lächelte sie und kitzelte Nele.

Nele lachte laut und war sehr fröhlich. Es erinnerte sie an die Zeit, als ihre Oma noch lebte und auch die Eltern sie sehen konnten.

„Nele, was ist?", stürmte Papa in ihr Zimmer, als er ihr Lachen hörte.

„Ach, nichts", sagte Nele geknickt, weil sie wusste, dass Papa ihr ohnehin nicht glauben würde.

„Kommt, jetzt zeigen wir's ihnen!", bestimmte die Oma und ging zur Tür hinaus.

Nele und Otto folgten ihr.

„Aber wo gehst du denn hin, Oma?", fragte Nele verwirrt.

„Das wirst du schon sehen!" - Die Oma war selbst als Geist noch flotten Schrittes unterwegs.

„Drehen hier jetzt eigentlich alle durch?", fragte der Vater und schlug die Hände über dem Kopf zusammen.

Nele ließ sich nicht beirren und folgte ihrer Oma ins obere Stockwerk, Stufe für Stufe. Was sie vorhatte, wusste sie allerdings nicht.

Auch Otto folgte weiterhin, nur, so schien es, war er in die Pläne der Oma eingeweiht. Denn als die Oma, im Obergeschoss angekommen, durch die geschlossene Dachbodentreppe nach oben verschwand, sprang er auf eine Kommode und streckte sich so gut es ging Richtung der Kordel, mit der sich die Dachbodentreppe öffnen ließ.

Die letzten fehlenden Zentimeter zum Ziel überbrückte er gekonnt mit einem Sprung und ergriff mit den Pfoten die Kordel, die mit einem laut quietschenden Geräusch die Öffnung zum Dachboden betätigte.

Da die Leiter nicht mehr die Jüngste war, fehlten einige Sicherungen, sodass sie direkt und ohne weiteres Zutun mit einem lauten *Rumms* bis zum Boden ausfuhr.

Kater Otto stieg die Stufen empor. Nele, im vollen Vertrauen in den Spürsinn ihres Katers, folgte ihm und der Oma.

„Nele, was machst du denn da?", Neles Papa beobachtete die Szenerie erschrocken und lief ihr so schnell er konnte hinterher.

Unterm Dach angekommen blickte er sie vorwurfsvoll an.

„Was soll das denn?", raunte er sie an.

„Warte ab, Papa. Die Oma wird das nicht ohne Grund gemacht haben", sagte Nele.

Otto hob bestätigend den Kopf und lief los. Er verschwand hinter ein paar Kartons. Es raschelte.

Nele erblickte die Oma, die mit Otto sprach und auf irgendetwas zeigte, das sie nicht sehen konnte, aber nach dem Otto offensichtlich suchen sollte. Er machte ein ganz schönes Getöse.

Der Vater suchte nach dem Kater.

„Wo bist du denn nur hin, Katze?", er zeigte sich sichtlich genervt.

*Oh, Papa*, dachte Nele nur, *wenn du nur etwas mehr vertrauen würdest.*

Als er Otto fand, entdeckte er neben ihm eine kleine Holzkiste. Er hob sie auf.

„Was willst du denn damit?", fragte er zu Otto gewandt.

„Mach sie auf!“, rief Nele ihm zu. Nicht umsonst würde die Oma Otto auf die Suche danach geschickt haben.

Otto und Nele blickten gespannt zu, wie der Vater die Kiste öffnete. Auch die Oma stand mit glitzernden Augen daneben.

„Was... was ist denn das?“, er stotterte und seine Augen füllten sich mit Tränen. „Janina, komm schnell rauf!“, rief er nach Neles Mama.

Lautes Poltern auf der Treppe.

„Ich habe euch schon überall gesucht! Was macht ihr denn alle hier oben?“, fragte sie vorwurfsvoll.

„Schau nur!“, Neles Papa reichte ihr die Kiste.

„Ist das wirklich wahr? Wie kann das sein?“, sie hielt sich die Hand vor den Mund und blickte Neles Papa in die Augen.

„Das ist die Lösung unserer Probleme!“, erwiderte er sichtlich gerührt.

Er ging auf die Knie und schaute zu Nele und Otto, der sich inzwischen neben seinen Lieblingsmenschen Nele gesetzt hatte.

„Woher wusstet ihr von dieser Kiste?“, fragte er sie.

„Wussten wir nicht. Die Oma hat uns alle hierhergeführt“, antwortete Nele wahrheitsgetreu.

Nele sah, wie die Oma sich hinter ihren Sohn, Neles Papa, stellte und ihm liebevoll die Hand auf die Schulter legte.

„Ich werde immer für euch sorgen!“, sagte sie mit sanfter Stimme.

Auch Neles Papa schien jetzt endlich zu begreifen und fühlte tief im Herzen, dass seine Mama hier war. Er spürte ihre Wärme auf seiner Schulter. Er legte seine Hand auf ihre und sagte: „Danke Mama!“.

Drei Wochen später waren Handwerker im Haus.

*Tok Tok Tok, Rumms, Iiiiiaaaah* – Hammerschläge waren zu hören, eine Kreissäge. Es war laut. Aber Nele war glücklich, denn dank des Geldes ihrer Oma konnten ihre Eltern Handwerker bezahlen und hatten nun viel mehr Zeit für sie.

„Mmmhhh“, kuschelte sie sich an ihren Papa.

Nele fühlte, wie er seine warmen Arme um sie schloss.

„Endlich mehr Zeit für meine zwei Lieblingsfrauen!“, sagte er und ein breites Lächeln war auf seinem Gesicht zu sehen.

So fröhlich hatte Nele ihren Papa und ihre Mama schon lange nicht mehr gesehen. Sie freute sich so sehr, dass ihr Herz einen Satz machte.

Plötzlich kitzelte sie ein vertrauter Duft in der Nase.

Sie wusste sofort, dass es die Oma war und dachte voller Liebe und Dankbarkeit an sie. Sie war es, die sie zum Schatz geführt hatte und sie war der Grund, warum zu Hause endlich wieder alle zufrieden waren.

# Kleine Übungen für den Alltag

In diesem Abschnitt haben wir noch ein paar allgemeine Infos und Übungen für dich zusammengetragen, wenn du selbst auch im Alltag mit Tieren sprechen möchtest.

Bitte sieh unsere Übungen aber nicht als feste Regeln an. Du musst dich nicht strikt daran halten oder alles so machen, wie wir. Vielleicht hast du schon längst deinen eigenen Weg, mit Tieren zu sprechen? Oder du findest ihn noch?

Sieh es einfach so, wie die Kinder in unseren Geschichten es teilweise erlebt haben: Eigentlich hast du schon längst eine ganz besondere Verbindung zu Tieren! Und sie sprechen vielleicht auch bereits jeden Tag mit dir.

Du kannst mit Worten und auch in Gedanken oder inneren Bildern mit Tieren sprechen. Dafür ist es nicht immer nötig, mit Worten oder ganzen Sätzen zu sprechen.

Vielleicht kennst du schon das Gefühl, wenn du einfach genau weißt, was dein bester Freund oder deine beste Freundin sagen möchte - ganz ohne, dass ihr darüber gesprochen habt? So ist es auch mit den Tieren!

Du wirst die Sprache der Tiere noch klarer hören, wenn du dir sagst: „Ja, ich möchte sie gerne hören!"...

... und auch, wenn du dir bewusst machst, dass das „Hören", von dem wir hier sprechen, nicht nur deine Ohren betrifft. Auch über dein Herz/dein Gefühl, innere Bilder und generell deine Vorstellungskraft kannst du mit Tieren sprechen und dir von ihnen Kraft, Mut und Stärke holen.

Was du mit den Tieren erlebst, musst du mit niemandem teilen und darfst es auch ganz für dich behalten. Aber vielleicht hast du ja einen Erwachsenen (Mama, Papa oder jemand anderes), Freund, Freundin oder Geschwister, die mit dir dieses Buch lesen und die mit dir gemeinsam die Übungen machen möchten?

Zusammen macht es manchmal noch mehr Spaß - oder wenn du über das reden kannst, was du mit den Tieren erlebst.

Lass uns gleich loslegen! Wähle dir die Übungen aus, die dir Spaß machen und leicht fallen:

# Verbinde dich mit einem Tier

von Sonja Neuroth

Anfangs kann es leichter für dich sein, wenn du für das Sprechen mit einem Tier eine kleine Übung machst und dich bewusst mit dem jeweiligen Tier verbindest.

Das kannst du zum Beispiel so machen:

**Verbinde dich mit einem Tier**

✦ Schließe deine Augen und denke an das Tier, mit dem du sprechen möchtest. Das Tier muss dafür nicht neben dir sitzen oder stehen - Das geht auch, wenn das Tier an einem anderen Ort ist als du.

✦ Spüre in dein Herz hinein. Wenn es dir hilft, kannst du auch eine Hand auf dein Herz legen und einmal seine Wärme spüren.

✦ Atme ein paar mal tief ein und aus und nimm wahr, wie aus deinem Herz so etwas wie ein Sonnenstrahl entspringt. Dieser fließt aus deinem Herzen direkt zu dem Herzen des Tiers.

✦ Vielleicht siehst du, wie nun eure Herzen verbunden sind und auch das Tier von seinem Herzen aus einen Strahl zurück schickt? Darüber könnt ihr beliebig hin und her Botschaften senden und empfangen!

Denke einfach an das, was du dem jeweiligen Tier mitteilen möchtest und stelle es dir zum Beispiel als Bild vor.

Du kannst auch ein Gefühl wie Dankbarkeit, Freude oder Ruhe an das Tier mitsenden, indem du einfach dieses Gefühl in dir aufrufst und dir vorstellest, wie es über deine Herzensverbindung zu dem Tier fließt.

Vielleicht merkst du nach dieser Übung oder auch generell in deinem Alltag, dass ein Tier dir etwas zurück sendet und mit dir spricht. Nicht durch bestimmte Laute, sondern zum Beispiel, indem dir plötzlich in Gedanken Bilder, Gefühle, Worte oder kurze Sätze in den Sinn kommen.

Oder das Tier spricht mit dir, indem es zu dir kommt und dir zeigt, dass es sich in deiner Gegenwart besonders wohl fühlt.

Probier es einfach einmal aus!

Du kannst sogar das Tier darum bitten, dass es dir zeigen soll, wie ihr beide am leichtesten miteinander sprechen könnt - und wie es gern mit dir sprechen würde.

# Möchte dein Tier gestreichelt werden?

## von Birgit Huber

Jedes Tier, ob Hund, Katze, Pferd, Meerschweinchen oder Hase - Alle wünschen sich, dass sie gefragt werden, ob sie gerne gestreichelt werden wollen.

Bevor du ein Tier streichelst, verbinde dich mit ihm, so wie du es in der Übung *Verbinde dich mit einem Tier* bereits geübt hast.

Wenn du eine Verbindung mit deinem Tier aufgebaut hast, spiele mit folgenden Fragen:

✦ Möchtest du von mir gestreichelt werden?

Wenn das Tier mit *Nein* antwortet, sei nicht traurig. Das *Nein* ist nicht gegen dich gerichtet, sondern das Tier hat einfach gerade keine Lust auf Streicheln.

Frag nach, ob es zu einem späteren Zeitpunkt gestreichelt werden möchte oder ihr einfach nur so eine schöne Zeit miteinander verbringen könnt, indem du zum Beispiel beobachtest, was es gerade tut.

Wenn es mit *Ja* antwortet, frage weiter:

✦ Darf ich auf dich zu gehen, oder möchtest du lieber zu mir kommen?

✦ Welchen Teil deines Körpers darf ich streicheln?

- ✦ Darf ich dich aufheben, oder soll ich mich zu dir auf den Boden setzen?
- ✦ Wie fest soll ich dich streicheln?
- ✦ Darf ich dich umarmen?
- ✦ Wie lange darf ich dich streicheln?

Dein Tier wird dir ganz genau sagen, ob, wo und wie lange es gerne von dir gestreichelt werden möchte.

# Welche Aufgabe hat dein Tier?

## von Sonja Neuroth

Weißt du schon, dass jedes Tier eine Aufgabe bei seinem Menschen hat?

Ja, jedes Tier ist ein kleiner „Superheld“ und liebt es, seine Menschen ein wenig zu unterstützen. Vor allem dann, wenn man es darum bittet.

Wie in der Geschichte vom Zauberkater Thor, kann es manchmal sein, dass ein Tier helfen möchte und seine Hilfe auf eine Art und Weise kommt, die wir Menschen nicht so mögen. Etwa, wenn es in die Wohnung macht oder fremde Menschen anknurrt oder anbellt (um dich zu beschützen).

Dann kannst du das Tier bitten, seine Aufgabe anders auszuführen. Wenn du hierbei Hilfe brauchst, macht es manchmal Sinn, einen Tierexperten dazu zu holen, der zwischen eurem Tier und euch vermittelt.

Doch lass uns jetzt einmal schauen, wie du herausfindest, welche Aufgabe dein bzw. euer Tier hat:

**Frage dich:**

✦ Welche Eigenschaft kommt dir sofort in den Sinn, wenn du an dein Tier denkst? Zum Beispiel: Niedlich, ein Clown, stellt gerne Blödsinn an oder: Ist meistens ruhig und liebevoll?

✦ Wie geht es dir oder auch deiner Familie, wenn euer Tier Zeit mit dir/euch verbringt und ihr zum Beispiel schmust oder Gassi geht? Welche Wirkung hat das Tier auf jeden Einzelnen, also: Wie geht es euch vorher? Und wie, nachdem das Tier mit euch Zeit verbracht hat?

✦ Du kannst auch dein Tier direkt fragen: Welche Aufgabe hast du bei mir und meiner Familie? Welche Aufgabe würdest du gerne übernehmen?

✦ Und natürlich kannst du dein Tier auch bitten, ob es dir zum Beispiel Kraft, Mut, Stärke oder Ruhe schenken möchte, wenn du sie gerade brauchst? Es wird sich freuen, wenn es helfen darf! Doch gib ihm die freie Wahl, wie viel und wie oft es dich unterstützen möchte!

Du wirst schnell herausfinden, welche Superkräfte in deinem Tier stecken und wie es dir geht, wenn du Zeit mit ihm verbringst!

# So findest du dein Krafttier

## von Madlene Fischer

Dein Krafttier zu finden, hört sich vielleicht erstmal schwieriger an, als es ist. Denn du musst es gar nicht suchen, ES FINDET dich.

- ✦ Gibt es ein Tier, was dir immer wieder im Alltag begegnet?
- ✦ Spürst du vielleicht schon, seitdem du ganz klein warst, eine Verbindung zu einem besonderen Tier?
- ✦ Hast du ein Lieblingstier, was dir immer wieder begegnet? In Büchern, in Filmen, in Comics oder auch in der Natur?
- ✦ Zeigt sich dir öfters ein Tier in deinen Träumen? Vielleicht spricht es sogar schon mit dir oder möchte dir etwas zeigen?
- ✦ Vielleicht aber weißt du es auch einfach: DAS ist es?

Du hast gar keine Idee?

Ganz einfach kannst du dein Krafttier auch anhand eines Krafttier-Orakels oder mit Krafttierkarten herausfinden. Eine weitere Möglichkeit sind geführte Krafttierreisen oder kleine Meditationen.

Egal für welchen Weg du dich auch entscheidest, ich bin mir ganz sicher, dein Krafttier wird dich finden. Außerdem kann es sein, dass sich zu deinem Krafttier immer wieder Helfertiere hinzugesellen, um dich bei einzelnen Aufgaben oder Entscheidungen zu unterstützen.

Bleib neugierig und geh mit offenen Augen und Herzen durch die Welt und du wirst bemerken, dass du deine Tiere immer leichter wahrnimmst und erkennst.

Als täglicher Begleiter und kleine Erinnerung eignet sich alles, was für dich passend erscheint, z.B. ein kleines Stofftier, ein Schlüsselanhänger, ein Stein oder vielleicht ganz einfach ein Bild in deinem Stifte-Etui. Lass deiner Fantasie freien Lauf.

Ich wünsch dir viel Spaß mit deinen Begleitern.

# Sei magisch mit Emotionen

## von Romana Rohrer

Manchmal kann es sein, dass du etwas fühlst, was dir gar nicht gefällt. Es kann zu Hause, in der Schule, auf dem Spielplatz oder wenn du mit deinen Eltern beim Einkaufen warst, passieren.

Vielleicht wirst du dafür sogar verkehrt gemacht und hörst, dass du das lassen sollst. Du bemerkst aber, dass es dir schwer fällt und dich diese komischen Gefühle wie aus dem Nichts überfallen. Wie kleine Räuber stehlen sie dir deine Energie und deine Fröhlichkeit.

Möchtest du mehr über das einfachste Mittel der Welt gegen solche kleinen Räuber wissen?

Egal, wann und wo diese Gefühle auftreten, du kannst immer diese Frage stellen:

*„Sind das wirklich meine Gefühle?"*

Damit lockst du die Diebe aus ihrem Versteck. Sie können gar nicht anders, als hervorzukommen und sich zu zeigen.

Stell die Frage gerne auch öfter hintereinander. Wenn du plötzlich spürst, wie es in dir wieder leichter wird und deine Fröhlichkeit zu dir zurückkommt, dann hast du sie aus deinem Haus gescheucht.

Und jetzt fügst du noch folgenden Satz hinten dran:

*„Alle Energien, die nicht zu mir gehören, werden jetzt auf die Ebene begleitet, wo sie sich wohlfühlen."*

Solltest du die Sätze in diesen Momenten vergessen, dann ist das kein Problem, deine Eltern können sie jederzeit für dich sprechen. Damit können sie dir wunderbar helfen, dich von fremden Emotionen und Energien zu befreien.

Und noch ein Tipp am Ende: Du liest ja hier ein Tierbuch. Was wäre, wenn du deine Lieblingstiere einfach um Hilfe bittest? So wie bei Maja, kann dir jedes Tier helfen, mehr Klarheit über deine Emotionen zu bekommen.

# Verabschiede dich von deinem verstorbenen Tier

## von Cornelia Hannesschläger

Welche Möglichkeiten gibt es, sich von seinem Tier zu verabschieden?

Wir sind alle einzigartig und so sind auch die Situationen, wie unsere Tiere sterben, unterschiedlich.

Vielleicht ahnst du, dass dein Tier bald sterben wird. Es kann auch sein, dass du den genauen Tag schon weißt.

Hier sind ein paar Ideen, wie ihr die letzten Monate/Wochen/Tage und Stunden noch intensiv miteinander genießen könnt:

✦ Geht noch einmal eure Lieblings-Gassirunde oder suche euren Lieblingsort auf (sofern das körperlich möglich ist).

✦ Spielt euer Lieblingsspiel miteinander.

✦ Macht viele Fotos von euch.

✦ Kaufe sein Lieblingsfutter und verwöhne es noch mehr, als ohnehin schon.

✦ Lass einfach einmal alles liegen und stehen und genieße die gemeinsame Zeit (das sollte man sowieso immer machen).

✦ Sei dankbar für die Zeit, die ihr miteinander verbringen durftet.

Es kann auch sein, dass der Tod deines Tieres plötzlich und unerwartet eintraf und ihr euch nicht mehr voneinander verab-

schieden konntet. In diesem Fall gibt es auch verschiedene Möglichkeiten wie du dich alleine oder gemeinsam mit deiner Familie von ihm verabschieden kannst:

- ✦ Zünde eine Kerze an (zusammen mit einem Erwachsenen).
- ✦ Male ein Bild von deinem Tier.
- ✦ Suche ein schönes Erinnerungsfoto und stelle oder hänge es an einen für dich besonderen Platz.
- ✦ Du kannst auch persönliche Gegenstände von deinem Tier dazustellen oder -hängen.
- ✦ Gehe eure Lieblingsrunde noch einmal ganz bewusst alleine oder gemeinsam mit deiner Familie.
- ✦ Gestalte ein schönes Erinnerungsalbum.

✦ Erstelle einen Film mit Fotos und Videos von eurer gemeinsamen Zeit.

✦ Es gibt auch Menschen wie uns, die dich/euch dabei unterstützen können, eine Verbindung mit eurem verstorbenen Tier aufzubauen.

✦ Das Wichtigste – blicke positiv in die Zukunft und habe keine Angst, dass du noch einmal jemanden so plötzlich verlieren wirst, ohne dich von ihm zu verabschieden. Zum Glück ist das die Ausnahme!

# Über die Autorinnen

## Sonja Neuroth

### Animal Creation Gründerin

Was wäre, wenn du niemals mehr an deinen Fähigkeiten, mit Tieren zu sprechen, zweifeln würdest?
In meiner Arbeit unterstütze ich Menschen, (wieder) einen Zugang zu sich selbst, ihren Talenten und den Tieren zu bekommen. Vielen wurde ihre besondere Verbindung zu Tieren in der Kindheit abgesprochen - und so kam es zu meiner Idee, gemeinsam mit den anderen Animal Creation Coaches dieses Buch zu schreiben. Ich möchte hiermit Kinder und Erwachsene und ja, genau dich, ermutigen: Dass du eine besondere Verbindung zu Tieren hast, ist etwas Wunderbares! Du darfst sie leben, von den Tieren lernen und ihnen und dir selbst vertrauen!

## Evelyn Bubeck

„Iiiih, mach das weg!" Wie schnell entscheiden wir oft über das Leben von scheinbar unnützen Tieren wie Spinne & Co?
Wir sind alle auf unsere Art einzigartige Wesen und wertvoll.

Auch über unsere Haustiere erlauben wir uns immer wieder, zu urteilen, ob das Leben für sie noch wertvoll ist oder nicht. Ich durfte schon einen Hund erleben, der nur noch zwei Beine hatte und genauso voller Lebensfreude und Spaß auf seinen zwei Beinen mit den anderen Hunden durch die Wiese raste.

Ich möchte euch ermutigen, hinzuhören, was uns die Tiere sagen möchten und ihnen einfach helfend zur Seite zu stehen. Ich habe mich auf Hunde spezialisiert und möchte sie mit natürlichen Mitteln wie Bachblüten, Kräuter, Pilzen, ätherischen Ölen und energetischen Techniken sanft unterstützen und ihnen so zu einem glücklicheren und entspannteren Leben verhelfen.

## Sandra Spinnraths

Meine Mission ist es, Menschen dabei zu begleiten, den Mut für einen Neubeginn zu erlangen und einen neuen Lebensabschnitt freudig zu beschreiten.
Mit meinem Kapitel in diesem Buch möchte ich ermutigen, seinen Fähigkeiten zu vertrauen und Selbstvertrauen zu entwickeln, mit dem jede Aufgabe gemeistert werden kann.

## Regina Kubik

Meine Schwerpunkte: Respektvoller Umgang miteinander, Selbstwertgefühl bei Kindern fördern, Stressabbau

Ich finde es einfach wundervoll, was Tiere bei Kindern bewirken. Kinder und Tiere – in meinem Fall ein Klassenhund – sind so wunderbar authentisch und unterstützen sich gegenseitig. Klassenhunde sorgen für Rücksichtnahme untereinander und für Motivation, am Unterricht teilzunehmen. Das alles nur durch ihre Präsenz. Auch verlieren viele Kinder ihre Angst vor Hunden, denn Hunde sind wahre Meister in der Körpersprache. Ich wünsche mir, dass ich durch mein Kapitel noch mehr Eltern und auch Lehrkräfte inspirieren kann, sich für diese wunderbaren Wegbegleiter im Klassenzimmer einzusetzen. Durch einen Klassenhund (oder jedes andere Tier) lernen die Kinder, würdevoll mit einem Tier umzugehen.

## Madlene Fischer

Schwerpunkt: Bewusstsein und Leichtigkeit im Alltag für Mensch & Tier

Eine Welt voller kleiner Wunder, das ist es, was wir erleben dürfen, wenn wir die Welt durch andere Augen sehen, nämlich durch die Augen der Tiere. Das und den Kontakt zu sich selbst, möchte ich anderen Menschen näher bringen und sie dabei auf ihrem Weg begleiten.

Es ist mir auch ein besonderes Anliegen, dieses Bewusstsein bereits unseren Kindern zu vermitteln. Kinder wissen noch, wie Magie funktioniert und leben diese ganz intuitiv. Als Mama von zwei Kindern weiß ich, wie wertvoll und wichtig kleine Begleiter in ihrem Alltag sind. Ich freue mich, wenn meine Geschichte ein kleines Stück Kinder darin bestärkt, ihr Wissen um das Magische zu erhalten und zu (er)leben.

## Birgit Huber

Was, wenn jede Mensch-Tier Beziehung einzigartig ist und jedes Tier dich dabei unterstützen möchte, dein wahres Selbst zu leben? Meine Mission ist es, vor allem in der Pferdewelt viel mehr Bewusstsein zu schaffen. Bewusstsein dafür, dass wir eine friedvolle, intuitive und respektvolle Beziehung mit unseren Pferden führen können.

In diesem Buch möchte ich Kinder ermutigen, ihren intuitiven Zugang zu den Pferden nie zu verlieren, dass es ok ist, wenn sie viel lieber mit Pferden einfach nur zusammensein wollen, anstatt zu reiten und Turniere zu bestreiten. Ihrer Freude zu folgen und den Weg mit Pferden zu gehen, der für sie stimmig ist. Ich möchte den Raum öffnen, dass jeder sein Pferd einladen kann, sein Coach zu sein. In Liebe, Verbundenheit und auf friedvolle Art.

## Cornelia Hannes-schläger

Aus meiner Erfahrung als Animal Creation Coach, Pädagogin und Zweifachmama unterstütze ich Familien dabei, in Harmonie und Leichtigkeit mit ihren Tieren zusammenzuleben.

Hast du Angst vor dem Tod deines Tieres oder musstest du schon eines weiterziehen lassen? Mit Hilfe meines Kapitels hoffe ich, dir mehr Leichtigkeit in deine Gedanken zu zaubern und dem Thema Tod die Schwere zu nehmen. Sei offen für die Wunder des Lebens und glaube an dich und deine Fähigkeiten - lasse sie dir von niemandem falsch reden. Kinder haben eine einzigartige Verbindung zum Leben. Wie viel besser könnte diese Welt werden, wenn wir ihnen ihre Fähigkeiten nicht ausreden und aberkennen, nur weil sie nicht in unsere Realität passen?

## Romana Rohrer

Als Mama von drei Kindern liegt es mir sehr am Herzen, dass Kindern gezeigt wird, welche Kraft hinter ihren Emotionen liegt. Als Animal Creation Coach und Emotionaltrainerin weiß ich, wie wichtig es ist, dass wir unsere Emotionen anerkennen, damit sie nicht durch unser Tier gespiegelt werden. Dadurch kann es nämlich schon mal strubbelig in der Beziehung zwischen Mensch und Tier werden.

Als Kind waren uns unsere Emotionen total bewusst, doch allzu oft wurden wir dafür verkehrt gemacht. Dabei spiegeln Kinder wie Tiere nur die Emotionen ihrer Eltern. Mit meiner Geschichte möchte ich jedem Leser mitgeben, dass er OK ist, genauso wie er eben ist. Mit all seinen Gefühlen und Gedanken. Erkenne, dass hinter deinen Emotionen dein volles Potenzial bereits auf dich wartet. Bist du bereit, es anzunehmen?

## Alina Staudt

In meinem Alltag als Tätige im feinstofflichen Bereich schlage ich oft eine Brücke zwischen den Lebenden und den Toten.

Wenig hat mein Weltbild so bereichert, wie die Erkenntnis, dass ein Leben nach dem Tod tatsächlich existiert und man auch dann noch in Kontakt miteinander treten kann. Kinder haben sehr fein ausgeprägte Antennen für solche Begebenheiten, sehen beispielsweise die tote Oma und teilen sich mit. Doch da wir Erwachsenen diese Kanäle oft nicht mehr so ausgeprägt haben, glauben wir ihnen nicht.

Meine Geschichte Otto und die Geister-Omi richtet sich sowohl an Kinder, als auch Erwachsene, die bereits paranormale Erlebnisse hatten. Nein, ihr seid nicht verrückt. Ihr seid einfach feinfühlige Wesen, mit einer natürlichen Anbindung an alles, was ist. Und das ist großartig und erhaltenswert!

# Mehr Infos

Noch mehr über unsere Art, mit Tieren zu arbeiten, sowie weitere Bücher und Übungen für Mensch und Tier findest du hier: https://animalcreation.com

Mehr Vertrauen und Leichtigkeit mit deinem Tier im Alltag. Unser „Praxisbuch“ für die Erwachsenen - inkl. Audios und Übungen zum Download in einem internen Onlinebereich.